SEDUCCIÓN DESPIADADA

CHANTELLE SHAW

HARLEQUIN™

Editado por Harlequin Ibérica.
Una división de HarperCollins Ibérica, S.A.
Núñez de Balboa, 56
28001 Madrid

© 2007 Chantelle Shaw
© 2016 Harlequin Ibérica, una división de HarperCollins Ibérica, S.A.
Seducción despiadada, n.º 2496 - 5.10.16
Título original: The Greek Tycoon's Virgin Mistress
Publicada originalmente por Mills & Boon®, Ltd., Londres.
Este título fue publicado originalmente en español en 2007

I.S.B.N.: 978-84-687-8504-2
Depósito legal: M-24683-2016
Impresión en CPI (Barcelona)
Fecha impresion para Argentina: 3.4.17
Distribuidor exclusivo para España: LOGISTA
Distribuidores para México: CODIPLYRSA y Despacho Flores
Distribuidores para Argentina: Interior, DGP, S.A. Alvarado 2118.
Cap. Fed./Buenos Aires y Gran Buenos Aires, VACCARO HNOS.

Capítulo 1

LOS ÚLTIMOS rayos de sol se reflejaban sobre los muros de Ottesbourne House, que relucía como el oro. Mientras Anna avanzaba por el camino de grava buscó su espejito en el bolso. Su carrera como modelo, y ser el rostro de una compañía cosmética internacional, le exigía estar impecable a todas horas, aunque en privado solía optar por un aspecto más natural.

Aquella noche se había esmerado. Su tersa piel de porcelana se estiraba sobre unos altos pómulos. Los ojos, azul oscuro, resaltaban gracias a una sombra de color gris y sus labios estaban cubiertos de un bonito brillo de color escarlata.

Normalmente no iba tan arreglada cuando se reunía con su íntima amiga, Kezia Niarchou, y su marido, Nik, en su casa de campo de Hertforshire. Sobre todo porque siempre acababa sentada en el suelo con su ahijado, Theo. Pero aquella noche era diferente y, vestida con el ajustado vestido negro de diseño, estaba arrebatadora.

«Adiós Anna y hola Anneliese Christiansen, sofisticada supermodelo», pensó ella con sorna mientras respiraba hondo. Desde que Kezia había anunciado que Damon, el primo de Nik, acudiría a la cena, tenía los nervios a flor de piel. Damon Kouvaris era especial y en esos momentos ella preferiría estar en la otra punta del planeta.

—Elegantemente tarde es una cosa, pero te has pasado —saludó Kezia alegremente—. Por suerte el primer plato es frío, aunque de la cocina llegan murmullos sobre la preocupación de la señora Jessop por su *boeuf en croûte*.

—Lo siento ¿no recibiste mi mensaje? Tuve un pinchazo —se disculpó Anna—. Por suerte ese chico tan majo del piso de abajo me colocó la rueda de repuesto.

—Menos mal. Con ese vestido no hubieras podido hacerlo tú. Estás estupenda y me gustaría saber a quién pretendes impresionar —murmuró Kezia con ojos de asombro al ver que Anna se sonrojaba—. No será por Damon, ¿verdad?'

—No, no lo es —contestó Anna mientras intentaba darle un tono divertido a su voz. Eran como hermanas y su amistad había sobrevivido al amargo divorcio de los padres de Anna y a la leucemia de Kezia. Sus lazos eran irrompibles, pero algunas cosas eran demasiado personales para ser compartidas, entre ellas su inexplicable fascinación por Damon Kouvaris.

La fama del primo de Nik como despiadado empresario era casi tan legendaria como los rumores sobre sus proezas en la cama. Se decía que era un amante activo con un insaciable apetito por las rubias sofisticadas, y Anna no tenía intención de engrosar su lista de conquistas. Pero, para su propia desesperación, ella había sido incapaz de olvidarlo desde hacía dos meses.

—Anna, ¿qué te apetece beber? —Nikos Niarchou se acercó a saludarla. Era alto, moreno y muy atractivo, y había dejado atrás sin problemas su papel de play boy para dedicarse a ser esposo y padre. Anna pensó que así debía ser el matrimonio al ver el brillo de la mirada de Nik cuando miraba a su esposa.

Ningún hombre la había mirado con tan tierna adoración y ella sintió una punzada de envidia que desapareció de inmediato. Kezia se merecía ser feliz, y Anna se alegraba sinceramente. De todos modos, a ella no le entusiasmaba el matrimonio. Sus padres iban por el tercero cada uno y ella no tenía intención de seguir su ejemplo.

–He oído que has tenido problemas con el coche. Tendrías que habernos avisado antes, te habría mandado un coche para que te recogiera –la regañó cariñosamente Nik–. Eres casi tan cabezota como mi mujer –añadió–. Ven conmigo y saluda a los demás.

Mientras saludaba a las demás parejas, Anna se sentía tensa, a pesar de que no había señales del primo de Nik. Era evidente que ella era la única persona sin pareja. No era extraño, pues no había nadie en su vida, y para los compromisos sociales solía echar mano de algún modelo masculino o amigo actor para que jugara el papel de su acompañante.

Aquella noche había ido sola, pero en esos momentos deseó haber llevado a alguien con ella. Rezó para que Damon fuese acompañado por alguna de sus numerosas amantes, porque la perspectiva de ser su pareja le provocaba una extraña sensación en la boca del estómago.

Estuvo a punto de pedir un enorme gin tonic para relajarse, pero mientras seguía a Nik hasta el bar, se sintió ridícula y pidió su habitual agua fría. Desde que Kezia se casó, Ottesbourne se había convertido en su segundo hogar y esperaba disfrutar de una agradable velada. El sexy primo de Nik no iba a alterarla.

Se relajó un poco y empezó a conversar con los demás invitados. «Puede que Damon no venga», pensó, irritada por la desilusión que sintió. Como jefe de Kouvaris Construction, se dedicaba personalmente a cada aspecto del negocio, y llevaba un alocado estilo de vida, repleto de viajes de negocios. A lo mejor había sido requerido para ocuparse de algún problema, como sucedió el día que se conocieron en Zathos, la isla privada que Nik tenía en el Egeo, hacía dos meses.

La conversación era entretenida y distendida, pero un repentino cosquilleo en la piel le puso de punta el vello de la nuca. Su sexto sentido le advirtió de que era observada y, al girarse, vio aparecer una figura en la puerta de la terraza.

¡Damon!

De inmediato ella quedó maravillada ante su imponente estatura y la envergadura de sus hombros. Fuerte y musculoso, con el sol del atardecer al fondo, casi hubiera pasado por algún personaje de la mitología griega. Ella se enfadó consigo misma mientras intentaba no mirarlo, pero él había atrapado su mirada y ella tragó con dificultad ante la sexualidad reflejada en sus oscuros ojos.

–Damon, ahí estás –dijo Nik con una sonrisa–. Conociste a Anna en Zathos, durante el bautizo de Theo, ¿te acuerdas?

–No me he olvidado –contestó secamente–. Me alegro de verte, Anna.

Su voz era suave y melodiosa y a Anna le recordó el sonido de un violonchelo. Tenía un fuerte acento griego. Nunca antes había sonado su nombre tan sensual. Un escalofrío la recorrió mientras forzaba una breve e impersonal sonrisa.

–¡Señor Kouvaris! Qué alegría verle de nuevo –ella alargó la mano y se quedó sin aliento cuando él la agarró y la atrajo hacia sí. Antes de poder reaccionar, bajó la cabeza y la besó en ambas mejillas haciendo que se le pusiera la piel de gallina.

Por su carrera como modelo, ella viajaba mucho y estaba acostumbrada al saludo europeo, pero su abrumadora reacción ante Damon hizo que se sonrojara. Se apartó bruscamente mientras se le aceleraba el corazón y sentía el calor en sus venas. La cabeza le daba vueltas como si se hubiese bebido una botella entera de champán, y respiraba con dificultad.

–¿Qué tal está, señor Kouvaris? –consiguió decir mientras sentía aumentar su irritación al ver la sonrisa de Damon, indicativa de que era consciente de la reacción que había provocado en ella.

–Muy bien, gracias –dijo seriamente–. Me llamo Damon, por si te habías olvidado –añadió en un tono que reflejaba una confianza que a ella le faltaba–. Creo que podemos dejarnos de formalidades, ¿no, Anna? A fin de cuentas, somos casi familia.

–No sé muy bien cómo has llegado a esa conclusión –Anna enarcó las cejas, agradecida porque sus años de experiencia le permitían mantener una apariencia y una voz relajada a pesar del caótico martilleo de su corazón.

–Soy el primo de Nik, y tú eres la mejor amiga de Kezia, prácticamente sois hermanas –sin que ella se diera cuenta, Damon la había empujado hacia una esquina, ligeramente apartada del resto. Estaba demasiado cerca para su gusto, incapaz de dejar de mirarlo o de apreciar el contraste entre su piel era morena y la blancura de los dientes que mostraba al sonreír.

No era un hombre atractivo a la manera convencional y no poseía la perfección de rasgos que compartían los modelos con los que ella trabajaba. Tenía la nariz ligeramente aguileña, unas espesas cejas negras y la mandíbula cuadrada. La enorme envergadura de sus hombros y su fuerte complexión añadían un toque de rústica masculinidad. Pero lo que más llamaba la atención de Anna era su boca, sensual y de labios carnosos.

Su beso no iba a ser de tierna seducción, pensó ella mientras se humedecía el labio inferior. Damon exhalaba un magnetismo sexual que advertía de que exigía una entrega total. Era un amante desinhibido y posesivo que utilizaría su boca a modo de instrumento de tortura sensual.

¿Por qué se le había ocurrido esa idea?, se preguntó ella mientras centraba su mirada en la inmaculada camisa blanca. Ella era alta, pero se sentía como una enana a su lado, intimidada por la fuerza latente de su ancho y musculoso pecho.

—Vaya, Anna —su voz acarició cada sílaba del nombre—, estás increíble. Has estado fuera —sus ojos recorrieron su cuerpo mientras apreciaban su ligero bronceado—. Sudáfrica, ¿no?

—Pues sí, pero ¿cómo…? —ella dio un respingo. Debía de habérselo dicho Kezia, a fin de cuentas no es que fuera un secreto de estado.

—Lo averigüé en tu agencia —admitió él sin atisbo de vergüenza en sus oscuros ojos cuando ella lo miró indignada.

—¿Por qué? —preguntó ella contrariada, incapaz de disimular su confusión ante el aparente interés que él mostraba por ella. Al conocerse en Zathos, él no se había molestado en ocultarle su desprecio hacia la profesión de modelo. De hecho, ella tenía la impresión de que la creía una muñeca descerebrada—. La agencia no da esa clase de información a cualquiera.

—A mí sí me la dieron, pero es que yo no soy *cualquiera* —afirmó con increíble arrogancia—. Soy Damon Kouvaris, y en cuanto les convencí de que era amigo tuyo, fueron de lo más amables.

—Pero no eres mi amigo. Apenas nos conocemos.

Solo nos hemos visto una vez, y el hecho de haber bailado juntos en el bautizo de nuestro ahijado no nos convierte en hermanos de leche.

Anna se hubiera tragado sus palabras. Su pecho se agitaba por el peso de la emoción y se comprimía bajo el ajustado vestido.

–Ahí lo tienes. Acabas de mencionar el inquebrantable nexo de unión entre nosotros: Theo, nuestro ahijado –afirmó Damon cuando ella lo miró perpleja–. Yo diría que es una buena razón para conocernos mejor. Incluso es nuestro deber.

Anna se dio cuenta, furiosa, de que se burlaba de ella. Cuando Kezia le propuso ser la madrina de su hijo adoptivo, ella se mostró encantada. Era un honor y se había jurado estar a la altura mientras viajaba hacia Zathos para conocer al padrino.

Desgraciadamente, el atractivo primo estaba lejos del ángel guardián que ella había imaginado que Kezia elegiría para su hijo, pero había sido elección de Nik, que le tenía en gran estima y eso le bastaba a su mejor amiga. Anna no tuvo más remedio que apartar sus dudas, pero no era capaz de imaginarse a Damon mostrando el menor interés por un niño.

De lo que no cabía duda era de su interés por las mujeres. Era un animal sexual casi primitivo. Una mirada de sus oscuros ojos bastaba para que a las mujeres les temblaran las rodillas. Anna lo sabía por propia experiencia. Las rodillas le habían fallado en el instante de serle presentado y en ese momento era consciente del temblor de sus piernas.

–Siento interrumpiros, pero si no pasamos a cenar, la señora Jessop entrará en combustión espontánea –el tono alegre de Kezia sirvió para aliviar la tensión que agarrotaba a Anna.

–Vayamos entonces –Damon se hizo a un lado mientras sonreía a la anfitriona–. Anna, me he dado cuenta de que esta noche no tienes pareja –murmuró con una voz aterciopelada que le provocó un escalofrío en la columna vertebral–. Yo también estoy solo y me encantaría acompañarte.

La propuesta era perfectamente razonable, tuvo que reconocer Anna, que asintió con una sonrisa forzada mientras le permitía que la tomara por el brazo.

Mientras avanzaban hasta la mesa, ella fue consciente del roce del muslo de él contra el suyo y se puso rígida. ¿Qué le pasaba? Era Anneliese Christiansen y su apodo, bien merecido, era «princesa de hielo». Nadie la había pillado con la guardia baja, jamás, y le enfurecía ver que el arrogante y presuntuoso griego tenía la capacidad de alterar su equilibrio.

Nunca más, se juró cuando Damon le sujetó la silla para que se sentara antes de hacerlo él mismo a su lado. Ella percibió su loción para después del afeitado, una mezcla especiada y exótica que volvió locos sus sentidos y le obligó a hacer acopio de toda su fuerza de voluntad para extender la servilleta y sonreírle con un aire de seguridad que no sentía.

Él se mostraba demasiado insistente, demasiado confiado y ella decidió obsequiarle con la fría indiferencia que había llegado a perfeccionar hasta convertir en un arte.

El primer plato consistió en un delicioso cóctel de marisco compuesto de gambas sobre un lecho de lechuga y una deliciosa salsa. Anna no había comido nada desde su desayuno de yogur y fruta, y llevaba todo el día en tensión ante la perspectiva de volver a ver a Damon.

–¿Te gustó el viaje a Sudáfrica? Los paisajes son increíbles.

–Fue un viaje de trabajo, sin tiempo para hacer turismo –la sensualidad de su voz la envolvía, y apenas podía tragar. El viaje, como siempre, se había centrado en los vestíbulos de hotel, con unos días en la playa para pasar unos modelos de trajes de baño.

–Es una lástima. Las flores silvestres de la sabana son increíbles en esta época del año. ¿Siempre trabajas con unos horarios tan ajustados? –preguntó Damon en un tono que dejaba claro que no le interesaba demasiado recibir explicaciones sobre modelitos.

–Por sorprendente que parezca, el trabajo de modelo es una profesión muy exigente que yo me tomo muy en serio. Me pagaron por hacer un trabajo en Sudáfrica, no para disfrutar de vacaciones pagadas.

–Tu actitud es encomiable –le aseguró Damon, aunque ella detectó un destello de humor en su mirada.

A ella le enfurecía la opinión de que las mujeres hermosas no tenían nada en la cabeza. Estuvo a punto de explicarle que acababa de terminar el cuarto año de la carrera de Económicas por correspondencia, pero se lo pensó mejor. ¿Qué importaba lo que Damon Kouvaris pensara de ella? Su opinión le traía sin cuidado.

De repente descubrió que ya no tenía apetito. Sin embargo, él comía con entusiasmo. Ella no le quitaba ojo, pendiente de cada uno de sus movimientos.

Por la breve conversación mantenida en Zathos, ella sabía que su padre había insistido en que él lo aprendiera todo sobre el negocio de la construcción. Su familia sería dueña de la multimillonaria Kouvaris Construction, pero Damon había empezado como peón.

Tras veinte años, era un experto en la materia y podía pasar la mayor parte del tiempo en la sala de juntas y no en la obra, a pesar de lo cual conservaba el increíble físico adquirido con el trabajo duro. Sus manos eran fuertes y bronceadas. Bronceado adquirido bajo el ardiente sol de Grecia. Ella no pudo reprimir un escalofrío ante la idea de esos dedos acariciando su cuerpo.

Debía de ser una sensación algo abrasiva. Ella se preguntó si el oscuro vello que tenía en las muñecas se continuaría por el resto del cuerpo. Sin duda, en el pecho sí lo tendría. ¿Se afeitaría el vello corporal como la mayoría de sus compañeros modelos?

En el mundo superficial en el que ella se movía, la abrumadora masculinidad de Damon era inusual e inquietante, pero incuestionablemente sexy. Evocaba en ella pensamientos y sentimientos inesperados y escandalosos. Su tensión le pasó factura y se atragantó con una gamba.

—Tranquila, intenta beber un poco de agua —sus atenciones hicieron que las lágrimas afloraran a los ojos de ella mientras bebía un sorbo de agua del vaso que él le ofrecía—. ¿Mejor? —sus ojos no eran negros, como ella pensó al principio, sino de un profundo caoba oscuro y aterciopelado.

—Sí, gracias —murmuró ella mientras intentaba recuperar la compostura. Gran parte de su vida la había pasado en actos sociales en compañía de algunos de los hombres más atractivos del mundo, y Damon Kouvaris no iba a ser demasiado para ella.

Se sirvió el plato principal, pero Anna no hizo justicia a la excelente cocina de la señora Jessop y se dedicó a juguetear con el tenedor para aparentar que comía.

—¿No tienes hambre, o es que eres una de esas mujeres que cuenta cada caloría que ingiere? —le murmuró Damon al oído—. Tienes un cuerpo espectacular, Anna, pero no me gustaría que estuvieras más delgada —añadió sin importarle la mirada furiosa que ella le dedicó.

Sus palabras fueron la gota que colmó el vaso. ¿Cómo

se atrevía a hacer comentarios personales? Ella no iba a darle la oportunidad de ver su cuerpo, se juró Anna sin darse cuenta de que él podía leer esos pensamientos que habían oscurecido sus ojos hasta un tono cobalto.

Anna Christiansen era exquisita, fina como una figurita de porcelana, admiró Damon, incapaz de apartar la mirada de la delicada belleza de su rostro. Sus rasgos eran perfectos y la inclinación de su boca era toda una invitación de sensualidad que él ansiaba aceptar.

No se podía viajar a ninguna parte del mundo sin ver su rostro en algún cartel publicitario o revista. Él había leído que la empresa de cosméticos que ella representaba le había ofrecido un contrato multimillonario, y no era de extrañar. Llevaba su pelo rubio recogido en un moño y sus enormes ojos estaban cuidadosamente maquillados. Era el referente de toda mujer y la fantasía de cualquier hombre con sangre en las venas.

Al fijar su mirada en la suave curva de su boca, su cuerpo reaccionó involuntariamente ante los labios escarlata, brillantes y húmedos, y tan malditamente sexy que él sintió una oleada de calor.

La había deseado desde la primera vez que la vio en Zathos, pero el bautizo de su ahijado no era momento para ceder a sus deseos carnales. Anna, evidentemente, había pensado igual. Lo había tratado con una fría indiferencia que le había divertido e intrigado, sobre todo porque su pose no había ocultado la feroz atracción que sentía por él.

Él había notado el rubor de sus mejillas cada vez que se acercaba a ella. Sin duda formaba parte de una actuación impecable, pero la inocencia de ese rubor, junto con su aire sensual, le había obligado a contenerse para no tomarla en sus brazos y explorar esos tentadores labios con los suyos.

La llamada que lo había requerido en su empresa le había contrariado, sorprendentemente, porque, que él recordara, el trabajo había sido siempre su amante favorita, justo delante de su familia. Pero, por primera vez, había lamentado no poder quedarse más tiempo en Zathos para admirar a esa rubia de piernas torneadas que dominaba sus pensamientos.

Gran parte de los últimos dos meses los había pasado en Atenas dedicado a la tarea de reorganizar su vida personal, y sobre todo de terminar con su amante. No quería ninguna complicación en su camino hacia la conquista de Anna y contempló las lágrimas de Filia con irritación. Filia nunca había estado enamorada de él, sino más bien de su cartera. Desde el principio había dejado claro, como hacía siempre, que no buscaba amor ni compromiso. Filia había terminado por consolarse con algunos regalos caros, de modo que él se encontraba libre y dispuesto a descubrir si la química que había sentido entre Anna y él en Zathos era tan explosiva como prometía.

Observó que Anna le hablaba y se esforzó por vaciar su mente de la erótica fantasía de explorar su cuerpo. Dedujo por el tono de ella que la había enfadado y sus labios se curvaron ante la mirada furiosa que ella le dedicó.

–No veo por qué mis hábitos alimentarios pueden ser de tu incumbencia. Llevo una dieta normal y sana – le dijo indignada.

–Me alegra oírlo. Así podrás cenar conmigo mañana. Te recogeré a las siete.

Otro invitado llamó su atención, mientras Anna hervía en silencio y esperaba una oportunidad para dejarle claro que no estaba disponible al día siguiente, ni nunca, para él.

¿Cómo se atrevía a dar por hecho que ella aceptaría alegremente? No era más que otra prueba de que él pensaba que era una rubia tonta, incapaz de pensar por sí misma. Era el hombre más arrogante que había conocido jamás y, en cuanto pudiera, le rechazaría sin más.

Para su pesar, Damon no le hizo ni caso durante el resto de la velada y ella se preguntaba si Kezia se enfadaría si se marchaba con el pretexto de un dolor de cabeza cuando él volvió a dirigirse a ella.

—¿Te apetece ir a algún sitio en especial mañana? —preguntó con toda naturalidad.

—Me temo que voy a rechazar tu amable invitación —Anna le dedicó una de sus sonrisas garantizadas para congelar al más ardiente admirador—. Mañana por la noche estoy ocupada.

—No hay problema —aseguró él—. Lo haremos la noche siguiente.

—También estaré ocupada.

—¿Y la siguiente? —él enarcó las cejas y habló en tono sardónico y aburrido.

—Me temo que no podré.

—No tenía ni idea de que ser modelo te quitaba tanto tiempo.

—No he dicho que fuera a trabajar —le espetó ella acaloradamente. ¿Tan grande era su ego que no aceptaba una negativa por respuesta?—. ¿No has pensado que puedo estar saliendo con alguien?

—¿Lo estás? —preguntó él tras una pausa.

—No —admitió ella, consciente de que habían atraído la atención del resto de los comensales de la mesa, sobre todo de Kezia.

—¿Y qué vas a hacer todas las noches de esta semana? —preguntó Damon desafiante.

Maldita sea. Había conseguido darle la vuelta a la

conversación y hacer que ella se sintiera culpable por rechazar una sencilla cena. Ella no tenía por qué sentirse culpable. Si él era tan engreído como para pensar que estaba disponible para él, se merecía un buen rechazo.

–Me voy a lavar el pelo –soltó sin molestarse en ocultar la acritud en su voz y mientras lo miraba a la espera de su reacción.

–No se puede negar que vives una vida plena –murmuró mientras sonreía divertido. Luego se volvió hacia otro comensal y dejó a Anna con la sensación de haber perdido el primer punto.

Ella era consciente de las miradas, ligeramente avergonzadas, del resto de la mesa y notaba sus mejillas ardientes. Lo había conseguido ¿no? Damon había dejado claro que ya no sentía interés por ella. ¿Por qué se sentía tan mal?

Ella no quería cenar con Damon, pero las palabras sonaron tan falsas como cuando Kezia le pidió una explicación.

–Pensé que te gustaba Damon –dijo su amiga, tras pedirle a Anna que subiera con ella a ver a Theo–. Solo te ha invitado a cenar, Anna, no te ha pedido que te metas en su cama.

–Tuve la impresión de que una cosa no era más que el preludio de la otra –contestó Anna secamente–. Tú misma dijiste que Damon Kouvaris es un famoso mujeriego y no tengo intención de convertirme en otra de sus conquistas.

–Pues es una pena –murmuró Kezia en voz casi inaudible, aunque no lo suficiente.

–¿Qué quieres decir, exactamente?

–Que no puedes pasarte la vida rechazando a la gente por miedo.

–No tengo miedo de Damon –contestó Anna, aunque no era del todo cierto. El enigmático griego la alteraba más de lo que quería reconocer.

–¿Cuándo aceptarás que los pecados de tu padre no se repetirán en cada hombre que conozcas? –Kezia suspiró–. No todos los hombres son adúlteros en serie.

–¿De verdad sugieres que Damon podría ser un amante dedicado y fiel? –preguntó Anna–. Su récord es apabullante. Sé cómo es, Kezia. Todos los días conozco a hombres como él y, confía en mí, solo le interesa una cosa. Y no la conseguirá de mí –salió de la habitación con Kezia y dio un respingo cuando una figura emergió de entre las sombras.

–¡Damon! Nos has asustado –dijo Kezia mientras Anna rezaba por que se la tragase la tierra.

–Lo siento. Nik dijo que estabais con Theo y quería echarle un vistazo a mi ahijado. Espero no haberos interrumpido –dijo sin apartar la mirada de Anna.

–En absoluto, solo… charlábamos –murmuró ella mientras se ruborizaba.

–Ya lo he oído –dijo él en un tono aburrido. Anna había estado a la defensiva toda la velada y él supuso que era por hacerse la inaccesible, un juego que a él le divertía para un rato. A menudo, la excitación de la caza era lo mejor de una relación.

Pero los retazos de conversación que había oído entre Anna y Kezia le hicieron cambiar de idea. La prensa había exagerado su fama de play boy, pero desde luego no era ningún santo, admitió.

No sabía nada sobre la situación familiar de Anna, pero si su padre era realmente un adúltero, eso explicaba su resistencia a admitir la atracción que sentía por él. Atracción que, sin embargo, estaba ahí. Ya no le quedaba ninguna duda tras ver cómo ella había sido incapaz de apartar la mirada de él durante toda la velada.

Capítulo 2

HA SIDO una velada estupenda, Kezia, pero tengo que irme –aseguró Anna mientras bajaba la escalera tras su amiga. No se sentía capaz de hacer frente a Damon Kouvaris ni un segundo más–. Los próximos días estaré muy ocupada –murmuró a modo de excusa.

–Sí, todos esos lavados de pelo deben de ser agotadores –Damon la esperaba al final de la escalera.

–No te preocupes –Kezia intentó aguantarse la risa–. Iré a buscar tu chaqueta.

Se hizo el silencio y Anna estaba casi segura de que Damon podría escuchar el errático latido de su corazón. Intentó pensar en algo que decir, pero su cerebro parecía haberse largado y solo se le ocurrían sandeces que reforzarían la teoría de Damon de que era una rubia sin cerebro.

–¿De modo que estarás liada toda la semana? Un apretado horario en algún salón de belleza, sin duda –dijo él lentamente, provocando al instante su ira.

–En realidad, tengo que entrenar toda la semana –dijo ella secamente. Se sentía como una adolescente y era consciente de lo aniñada que sonaba su voz cuando intentaba impresionarle.

–¿Entrenar para qué? –Damon no podía ocultar su escepticismo.

–El fin de semana que viene corro la media maratón alrededor de Hyde Park. Queremos recaudar fondos para una serie de actos benéficos, y yo corro a favor de un hospital infantil. A lo mejor te gustaría patrocinarme –añadió mientras bajaba ligeramente la guardia. Él era un famoso multimillonario y las obras benéficas requerían todo el apoyo posible. No era momento de mostrarse orgullosa.

–Me encantará. ¿Cuántos kilómetros vas a correr?

–Casi veintiuno –admitió ella, aunque tenía sus dudas. No había entrenado del todo según lo programado y solo faltaba una semana. Ella era de constitución atlética e iba regularmente al gimnasio, pero veintiún kilómetros de golpe parecían muchos.

–¿Cuánto corres en una sesión de entrenamiento?

–Más o menos la mitad –balbuceó ella.

–Ya –había una mirada divertida en sus oscuros ojos. Estaba claro que no la creía capaz de hacerlo, pero le demostraría que se equivocaba.

–Estoy en bastante buena forma, y no preveo complicaciones –dijo ella fríamente mientras cruzaba los dedos tras la espalda.

–Nik es un padre devoto y supongo que habrá entregado una generosa cantidad en beneficio de los niños –dijo él tras mirarla fijamente unos minutos–. Igualaré su donativo.

–¿Estás seguro? Se trata de una cifra de seis dígitos –protestó ella ligeramente.

–¿Estás diciendo que la causa no necesita del dinero?

–Por supuesto que sí –el hospital incluso podría abrir antes de lo esperado, admitió ella mientras se mordía el labio inferior–. Pero ¿seguro que quieres patrocinarme con una cantidad tan elevada? –tenía que ser una trampa. Él nunca ofrecería esa cantidad sin exigir algo a cambio.

Sintió su oscura mirada sobre ella, detenida sobre sus pechos antes de deslizarse por sus finas caderas y las largas piernas. El ardor de su mirada le hizo temblar. Si se atrevía a hacer la canallesca sugerencia de que se acostara con él a cambio de su donativo, ella saldría por la puerta antes de que él pudiese pestañear, tras indicarle por dónde podía meterse su donativo.

–Estoy en posición de hacer donaciones a muchas obras de caridad –dijo él–, pero cuéntame por qué apoyas a esta en concreto.

–Me parte el alma pensar en los niños enfermos –Anna se encogió de hombros–. Solía visitar a Kezia durante sus sesiones de quimioterapia. Era tan valiente, como los niños enfermos que he conocido desde entonces. Si puedo utilizar mi –soltó una carcajada–, fama para reunir dinero para la causa, haré cualquier cosa.

Bueno, casi cualquier cosa, se corrigió en silencio al ver que él se acercaba y le apartaba un mechón de cabello de la cara. Fue un gesto muy íntimo y ella se puso rígida.

–De acuerdo. Haré una importante donación para tu obra y a cambio tú correrás veintiún kilómetros y... –su repentina sonrisa hizo que ella se quedara sin aliento, incapaz de dejar de mirar su boca.

–¿Y qué? –preguntó recelosamente. Sabía que tenía que haber trampa.

–Y tú cenarás conmigo –sentenció con un brillo en la mirada que indicaba que leía su mente a la perfección–. ¿De qué tienes miedo, Anna? Te prometo no sorber la sopa –aseguró seriamente.

Ella sentía arder sus mejillas con una mezcla de vergüenza y, que Dios la perdonase, desilusión. Debería sentirse aliviada porque no había reclamado su derecho a hacer realidad el deseo que reflejaba su mirada. A lo mejor había malinterpretado las señales. Había estado tan concentrada en luchar contra la atracción que sentía que había pensado que esa atracción era mutua.

–¿Trato hecho? –él había aprovechado sus dudas para deslizar la mano bajo su barbilla e inclinar su rostro hacia él de manera que no tuvo más remedio que mirarlo a los ojos.

–Supongo que sí –murmuró ella, tras sonrojarse de nuevo.

–Será una noche memorable.

–Acabo de recordar que no tengo ninguna noche libre de aquí a varias semanas –Anna resistió la tentación de abofetearlo. Su arrogancia era tremenda y ella quería bajarle los humos.

–Es una lástima, porque si no hay cena, no hay donativo –contestó Damon con dureza, aparentemente inalterado por el destello de ira de sus ojos azules.

–¿Insinúas que aunque termine la carrera, solo entregarás tu donativo después de que cene contigo? –preguntó ella acaloradamente–. ¡Eso es chantaje!

–Ese es el trato –sentenció–. No estés triste, *pedhaki mou*. Puede que incluso te guste.

–Yo no contaría con ello –le espetó furiosa justo cuando volvía Kezia con su chaqueta.

–Siento haber tardado tanto –dijo Kezia mientras contemplaba la expresión de rebeldía de Anna y el gesto taciturno de Damon.

–Una cena espléndida –Anna sonrió forzadamente a su amiga–. Felicita a la señora Jessop de mi parte y despídeme de Nik.

–Ten cuidado. Ojalá no tuvieras que conducir tú sola por el campo y de noche –contestó Kezia preocupada, hasta que vio a Damon agitar las llaves de su coche en la mano.

–No te preocupes, iré justo detrás de ella y me aseguraré de que llegue sana y salva –prometió Damon–. Gracias por una estupenda velada, Kezia.

–Pero yo pensé… –Anna lo miró furiosa. Ella no necesitaba ningún guardaespaldas–. Supuse que te alojarías aquí, en Ottesbourne –balbuceó mientras lo seguía hacia la salida.

–No. Me resulta más cómodo quedarme en Londres. Además, Nik y Kezia son tan acaramelados que me siento como un cuco en nido ajeno –añadió con una sonrisa que hizo derretirse a Anna.

–Pues espero que no hayas interrumpido tu velada con la idea equivocada de que me acompañarás a casa –dijo ella secamente mientras entraba en su deportivo y se ponía al volante–. Soy perfectamente capaz de cuidar de mí misma.

–De eso estoy seguro, *pedhaki mou* –el tono ardiente llamó la atención de Anna, que sintió aumentar su irritación al ver que él tenía la mirada fija en sus piernas descubiertas–. Conduce con cuidado. Te llamaré –añadió en tono burlón mientras ella cerraba el coche de un portazo.

–Genial –musitó ella. Salió a la carretera con un humor de perros. Un nuevo ejemplo de la arrogancia de Damon. Ella había cuidado de sí misma durante la mayor parte de su vida y valoraba mucho su independencia. No necesitaba a un arrogante y condenadamente sexy griego a su rescate.

Una vez en la autopista, pisó a fondo el acelerador mientras disfrutaba de la sensación de velocidad. Su deportivo rojo de alta gama era una extravagancia, sobre todo porque lo usaba principalmente para la ciudad, donde consumía muchísima gasolina. Pero en la carretera podía ceder a su pasión por la velocidad y, con suerte, dejar atrás a su aspirante a protector.

Con una sonrisa de satisfacción, eligió un CD y puso al máximo el volumen. Voló por la autopista y llegó a su salida en tiempo récord. Al llegar al semáforo, otro coche se paró a su lado. La sonrisa se esfumó del rostro de Anna al comprobar que se trataba de Damon. ¡Maldita sea! No se había despegado de ella en ningún momento.

Incluso desde donde estaba, ella podía ver el brillo de desafío en la mirada de él. Estaba oscuro, pero ella distinguía perfectamente su perfil, el ángulo afilado de sus pómulos y esa barbilla cuadrada que indicaba una testaruda personalidad.

El único rasgo de suavidad en él eran sus rizos. Tuvo que admitir que era el hombre más maravillosamente sensual que hubiera visto jamás, pero su ensoñación se vio interrumpida por un impaciente claxon que le avisaba de que el semáforo se había puesto en verde.

Diez minutos después, cuando llegó al aparcamiento de su residencia, él seguía a su lado. ¿Qué esperaba? ¿Quería una medalla o una invitación a subir a su piso? No iba a concederle ninguna de las dos cosas, pero su educación le hizo acercarse al coche de él.

–Gracias por acompañarme –dijo educadamente.

–No hay de qué. Esperaré hasta que estés dentro.

–Ya soy mayorcita –a menudo ella sentía miedo por si alguien merodeaba por los alrededores, pero el tono de Damon la irritó–, y de verdad que puedo cuidar de mí misma.

–No estoy tan seguro, *pedhaki mou*. Por lo pronto, conduces demasiado deprisa –contestó él con un tono de censura en la voz.

–Soy una excelente conductora –le espetó indignada–. Puede que conduzca deprisa, pero siempre tengo cuidado.

Él la contempló en silencio. Su mirada no permitía adivinar sus pensamientos, pero de algún modo, hizo que ella se sintiera como una niña pequeña.

–De acuerdo. En ocasiones me gusta vivir peligrosamente –dijo ella desafiante.

–Entonces espero que nuestra cita para cenar sea una de esas ocasiones. Y ahora márchate antes de que decida acompañarte hasta tu piso –advirtió él sin prestar atención a su indignación–. Buenas noches, Anna, que tengas dulces sueños.

El sonido de su risa burlona la siguió por el aparcamiento. Damon Kouvaris era el demonio, pero no iba a alterar su ordenada y relajada vida.

Desgraciadamente, el recuerdo del atractivo rostro de Damon alteró sus sueños hasta el punto de que a la mañana siguiente se despertó con la sensación de no haber dormido apenas. Le esperaba una semana de duro entrenamiento para la media maratón, pero la idea de pasar el día en la pista de atletismo no le seducía y se volvió a hundir bajo el edredón.

Llegó allí cerca del mediodía, espoleada por el peso de su promesa de ayudar a los niños. Aun sin contar con el generoso donativo de Damon, ella esperaba recaudar una importante cantidad. El evento iba a ser televisado y muchos famosos participaban con la esperanza de lograr notoriedad, a la vez que recaudaban fondos para la causa elegida. El orgullo le impedía hacer el ridículo ante las cámaras y, aunque odiaba admitirlo, ante Damon.

Una hora después, su orgullo, y sus piernas, temblaban. Hacía un calor inusual y ella se sentía acalorada y sin aliento. Los demás corredores la habían superado sin esfuerzo y suspiró al oír el sonido de pisadas tras ella. ¿Cómo lo hacían?

–¿Qué tal el entrenamiento? ¿Ya has hecho veintiún kilómetros? –el familiar tono almibarado hizo que ella tropezase y estuviese a punto de caer, si él no la hubiese sujetado.

–¿Qué haces aquí? –preguntó irritada por la humillante ansia con que su cuerpo había reaccionado ante Damon. Estaba espectacular con pantalones cortos y una camiseta negra.

Sus ojos recorrieron rápidamente los anchos hombros y el impresionante y atlético pecho, y se detuvieron en sus fuertes muslos y largas y bronceadas piernas. La constitución atlética y espectacular musculatura le provocó un temblor en la boca del estómago.

–¿Cómo has sabido que estaba aquí? –dijo ella tras conseguir apartar la mirada de él.

–Anoche dijiste que ibas a entrenar esta semana, y cuando llamé a tu piso, tu vecino me dijo que te había visto marchar con una bolsa de deporte. No me costó mucho adivinar que seguramente estarías en el polideportivo más cercano –contestó secamente mientras la recorría con la mirada.

Ella supuso que debía de tener un aspecto horrible. Tenía sudor en el labio superior y trató de eliminarlo con la punta de la lengua con la esperanza de que él no notase lo agotada que estaba.

–Eres todo un Sherlock Holmes –le espetó sarcásticamente mientras lo miraba a los ojos–. Y ahora que me has encontrado, ¿qué quieres? Has interrumpido mi entrenamiento.

–¿Siempre te pones tan gruñona cuando haces ejercicio? –preguntó él entre risas–. Espero que no –añadió divertido ante la furiosa mirada que ella le dedicaba–. Pareces cansada, *pedhaki mou*. Creo que deberías tomarte un descanso.

–Todavía me quedan unas cuantas vueltas –mintió ella mientras empezaba a correr de nuevo–. ¿Por qué has decidido convertirte en mi niñera?

–Tengo mis razones –murmuró él mientras aguantaba su ritmo con insultante facilidad, a la vez que recorría con la mirada su cuerpo y sus ajustados pantalones de lycra que se pegaban a sus caderas y nalgas–. Aunque preferiría considerarme tu entrenador personal.

–No necesito un entrenador. Lo que necesito es que me dejes en paz –su voz tenía un tono de frustración–. Mira, Damon, ya me has chantajeado para que cene contigo. Dejémoslo estar. No quiero verte, no quiero pasar tiempo contigo y no salgo.

–¡No sales! ¡*Theos*! No pasa una semana sin que aparezca en la prensa una foto tuya con tu último y famoso novio –dijo él sarcásticamente, incapaz de disimular su impaciencia–. Los artículos sobre tu vida amorosa llenan más periódicos que la política. ¿De qué va todo esto, Anna? ¿El problema es que yo no soy ningún famoso artista de telenovela? Pues te aseguro que soy mucho más hombre que cualquiera de los muchachitos que parecen gustarte.

–Por el amor de Dios –ella se paró en medio de la pista y se volvió furiosa. Su arrogancia resultaría divertida si no hubiera sido por la verdad implícita en su última frase. La masculinidad de Damon la alteraba más que cualquier otro hombre que hubiera conocido.

Ella jamás le revelaría que sus supuestos amantes

eran solo amigos que actuaban como pareja suya. Ser famosa era como vivir en una pecera, y con los años había aprendido a hacer caso omiso de la mayor parte de lo que se publicaba sobre ella y su supuestamente alocada vida amorosa.

–¿Cómo te atreves a aparecer por aquí y… acosarme? –ella explotó–. No soy una muñequita rubia y, a pesar de lo que puedas haber leído en la prensa, no soy una chica fácil.

Estaba escandalizada por la fuerza de sus propias emociones y pestañeó para frenar unas estúpidas lágrimas que afloraban a sus ojos. Casi nunca lloraba, y jamás por un hombre. Tras ser testigo de la desastrosa vida amorosa de su madre, y ver cómo caía una y otra vez en la depresión, había aprendido que no merecían la pena.

Tras el amargo divorcio de sus padres, ella se había jurado no depender de nadie. Pero la princesa de hielo tenía un corazón de cristal y ella sintió terror ante la capacidad de Damon para hacerlo añicos.

–¿De verdad pensaste que con chasquear los dedos estaría dispuesta para ti?

–Concédeme algo más de crédito, Anna –contestó él–. Aunque no negaré que esperaba tener la oportunidad de explorar el interés que surgió entre nosotros en Zathos. Somos adultos. ¿Por qué no podríamos embarcarnos en una agradable relación?

–¿Te refieres a sexo sin el inconveniente de los incómodos sentimientos? –dijo ella cáusticamente sin hacer caso a la vocecita interior que preguntaba «¿y por qué no?». Al menos Damon era sincero. No pretendía conquistarla con gestos y promesas románticas que ambos sabrían que no podrían cumplir. ¿Por qué no seguir por una vez en su vida los dictados de su cuerpo en lugar de hacer caso al sentido común?

Ella presentía que Damon sería un amante apasionado y sensible. También sería el primero. Casi merecía la pena, solo por ver la cara de espanto que pondría al saber que era virgen.

¿Estaría dispuesto a enseñarla? Ella sintió el calor en sus venas al imaginarse sus manos acariciándola mientras le enseñaba el lenguaje del amor.

Pero ¿qué estaba haciendo? Debía de haberse vuelto loca al pensar siquiera por un segundo en mantener una relación con él. En Damon Kouvaris se reflejaba la imagen de su padre: atractivo, carismático e incapaz de permanecer fiel a una mujer durante más de cinco minutos.

—Siento defraudarte, pero no tengo intención de mantener una relación contigo, y desde luego no una aventura mientras estés en Londres. Debiste de llevarte una impresión equivocada en Zathos —añadió altiva—. No recuerdo que hubiera nada entre nosotros. De hecho, casi te había olvidado.

—¿En serio? —bajo su tono humorístico, ella detectó ira y se preparó para luchar contra él cuando la sujetó por los hombros y la obligó a girarse. Sus oscuros ojos eran cautivadores y ella se encontró atrapada por el calor sensual de su mirada mientras él bajaba la cabeza.

Iba a besarla. Su cerebro lanzó un aviso de emergencia para que ella se zafase de él, pero estaba hechizada, envuelta en una trémula expectación.

Era lo que ella había deseado desde que le conoció en Zathos. Necesitaba que él tomase el mando, que derribase sus barreras y atrapara su boca en un beso sediento que ignorase su resistencia. Sentía aumentar su desesperación, y al final cerró los ojos y se inclinó hacia él.

—En ese caso supongo que tendré que conformarme con supervisar tu entrenamiento —su voz relajada hizo añicos el hechizo y ella abrió los ojos para encontrarse con los de él. Cuando la soltó, se sentía azorada y humillada, pues era evidente que él era consciente de su desilusión. Ella se había ofrecido como… una virgen para el sacrificio. Y él la había rechazado.

—No necesito ayuda. Prefiero entrenar sola –balbuceó mientras echaba a correr a un ritmo imposible de mantener. Iba demasiado deprisa, pero solo pensaba en poner distancia entre ella y el hombre más irritante del mundo–. Márchate, Damon, y déjame en paz.

Damon la observó alejarse y sintió ese dolor familiar en la ingle mientras admiraba sus increíblemente largas y bronceadas piernas y el hipnótico movimiento de su *derrière*.

Desde el principio se sintió intrigado, no solo por su belleza, sino también por la persona. A primera vista aparentaba ser la sofisticada y elegante supermodelo omnipresente en las crónicas de sociedad. Pero empezaba a pensar que la verdadera Anna era una mezcla de emociones mucho más compleja.

No iba a resultarle fácil convencerla de que se metiera en su cama. Necesitaría tiempo y paciencia para ganarse su confianza, y no iba muy sobrado de ninguna de las dos cosas.

El sentido común le decía que lo dejara. El mundo estaba repleto de rubias espectaculares y él prefería a las mujeres que requerían poca implicación emocional. Pero durante los dos últimos meses, Anna había llenado sus pensamientos, excluyendo casi todo lo demás.

No había previsto un rechazo tan frontal, admitió, pero el empeño de Anna por ignorar la química que existía entre ellos no hacía más que estimular su interés.

La deseaba. Y lo que Damon Kouvaris deseaba, siempre lo conseguía.

Capítulo 3

ANNA corrió hasta que sintió el corazón a punto de reventar. Aun así se obligó a continuar mientras dirigía la mirada hacia su bolsa y rezaba para que Damon se hubiese marchado.

Pero él seguía allí, tumbado en el césped, con sus bronceados hombros y fuertes y atléticos muslos al sol. No había corrido casi nada, simplemente se había sentado a tomar el sol, un semidiós con ropa de diseño que la observaba correr hasta la extenuación.

Mientras soltaba un juramento, ella aflojó el paso y cruzó la pista. Si su presencia como espectador era una lucha entre voluntades, ella aceptaba su derrota. Sentía las piernas flojas, pero no tenía nada que ver con él, se dijo mientras se acercaba al lugar donde estaba su bolsa.

Con un fingido aire de supremo desinterés, ella lo ignoró y buscó su botella de agua. Los pocos tragos que quedaban no consiguieron saciar su sed, pero no tenía fuerzas para ir hasta el complejo deportivo y llenarla. Se tumbó en el suelo y hundió el rostro en el aromático césped.

–Si pretendes mantener ese ritmo durante toda la carrera, no pasarás de la mitad –dijo Damon.

–Vete al infierno –el hecho de que él tuviera razón no mejoró su humor, sobre todo cuando se volvió hacia él para verle beber de su cantimplora. Había algo mundano y sensual en su manera de saciar su sed, y ella fijó la mirada en el movimiento de su garganta al tragar.

–Toma –él debió de haber notado su mirada y le pasó la cantimplora, que ella aceptó tras decidir tragarse su orgullo–. Deberías traer más agua, con este calor no basta con una botella pequeña. Aunque de todos modos, va contra el sentido común entrenar durante las horas del día de más calor –añadió, como si hablase con un crío.

–¿Algo más? –preguntó ella con sarcasmo. Se tumbó de espaldas sobre el césped y cerró los ojos. Era el hombre más arrogante e insufrible que había conocido y quería decirle que se largara, pero estaba demasiado agotada para hablar y, de todos modos, él no la haría caso.

La pista de atletismo estaba alejada de la calle y solo se oía el dulce canto de una alondra. Era el sonido del verano, pensó ella adormilada mientras giraba el rostro hacia el sol. Pero una sombra la obligó a abrir los ojos y se encontró a Damon inclinado sobre ella.

–No deberías tomar el sol sin protección. Intento que no te quemes –añadió cuando Anna frunció el ceño por lo cerca que estaba de ella.

Él estaba tumbado de lado y apoyado sobre un codo para protegerla del sol con su cuerpo. Se había quitado las gafas de sol y ella pudo ver las finas arrugas alrededor de los ojos, aunque sus pensamientos quedaban ocultos bajo las increíblemente largas pestañas negras. Un mechón de su cabello colgaba sobre una ceja y ella luchó contra la tentación de pasar la mano por esa brillante seda negra.

Estaba demasiado cansada para luchar contra él, pensó mientras apartaba la mirada del amplio pecho, apenas cubierto por una camiseta sin mangas. Debía de pasarse horas en el gimnasio trabajando esos músculos, pero tampoco se lo imaginaba levantando pesas.

–¿Qué clase de deporte te gusta? –preguntó ella mientras se sonrojaba por el malicioso brillo de su mirada. No había duda de cuál era su ejercicio físico preferido.

–Me gusta jugar al squash. Me parece más desafiante que el tenis. También me gusta nadar en la piscina de mi mansión y, cuando era más joven, pertenecía a un club de boxeo y fui campeón juvenil nacional durante tres años consecutivos –dijo con cierto orgullo.

–¿Te gustaba pelear? –Anna arrugó la nariz–. Yo odio esa clase de deportes agresivos de contacto.

–En realidad, el boxeo requiere mucha disciplina y agilidad mental, no solo fuerza bruta –dijo con una sonrisa–. Es ideal para que los chicos liberen el exceso de testosterona.

–Me imagino que tú tenías de sobra –murmuró ella secamente. Seguro que incluso de joven debía de haber atraído a las chicas como la miel a las abejas. Lo imaginaba como un gallito que se pavoneaba y siempre lograba lo que quería–. Debiste de volver locos a tus padres.

–Seguramente –asintió él–, pero mi padre lo solucionó enviándome a trabajar en la construcción. Aunque era el heredero de una fortuna multimillonaria, él pensaba que debía empezar desde abajo y ganarme el puesto en Kouvaris Construction. Me enseñó mucho –añadió con dulzura, en un tono afectivo y respetuoso que no le pasó desapercibido a Anna.

–Seguro que tus padres están muy orgullosos de ti –dijo ella al recordar un reciente artículo en la prensa que hablaba del tremendo éxito de Kouvaris Construction bajo su dirección–. ¿Dónde están? ¿Viven en Grecia, cerca de ti?

–Por desgracia los dos han fallecido. Mi padre murió hace diez años y mi madre le siguió poco después. Él era su razón para vivir y sencillamente no soportó seguir sin él.

–Lo siento –ella se sentó con una sensación de inquietud. A lo mejor era por la charla sobre familias felices. Damon había descrito con gran convicción el amor entre sus padres, pero a ella le infundió inquietud.

Ella jamás le concedería tanto poder a un hombre como para convertirle en su razón para vivir. Había sido testigo presencial del daño causado por emociones tan fuertes. Su padre había sido el centro del universo de su madre y sus infidelidades casi la habían destrozado.

–¿Tienes más familia? ¿Hermanos o hermanas? –preguntó, incapaz de ocultar su curiosidad.

–Una hermana, Catalina –él se tumbó de espaldas y apoyó las manos bajo la nuca, dejando al descubierto el oscuro vello de su estómago, que atrajo la mirada de Anna–. Tenía dieciocho años cuando murieron mis padres y estamos muy unidos. De hecho, compartimos una villa a las afueras de Atenas. Afortunadamente es una mansión muy grande, dividida en dos residencias, ya que Catalina está casada y tiene su propia familia –añadió entre risas–. A menudo nos reunimos a comer en la terraza común, pero reconozco que me gusta tener mi propio espacio.

Hizo una pausa, como si fuera a decir algo más, pero luego sacudió la cabeza.

–Ya basta de hablar sobre mí. Ahora te toca a ti –alargó una mano y acarició su larga y dorada trenza–.

Por tu color de piel y el nombre, supongo que naciste en Escandinavia.

–No. Mi padre es sueco, pero mi madre es inglesa y yo nací aquí, en Londres. De niña solía ir a visitar a mis abuelos a Estocolmo, pero hace mucho que no los veo –explicó–. Desde que mis padres se separaron. El divorcio fue amargo y provocó una gran brecha en la familia.

–Es una lástima, debes de echarles de menos. ¿Estás muy unida a tus padres?

–No mucho –ella se levantó de un salto y empezó a recoger sus cosas–. Me enviaron a un internado a los trece años y no los veía demasiado –ella le dedicó una sonrisa que reflejaba su deseo de cambiar de tema.

–Me da la sensación de que no te gustaba vivir lejos de casa –dijo él mientras estudiaba su expresión taciturna.

–Al contrario, me encantaba. Me enseñó a ser independiente y a valerme por mí misma. La lección más valiosa que he aprendido es a no depender de nadie más –se colgó la bolsa del hombro y empezó a caminar–. Tengo que irme –añadió en un tono que dejaba claro que no quería que él la acompañase.

Damon se dio cuenta de que ella no quería hablar sobre ningún aspecto de su vida personal, y sobre todo de su familia. Se puso en pie y la siguió. Bajo su disfraz, él había detectado dolor en su voz al hablar del divorcio de sus padres. Trece años era una edad muy difícil, sobre todo para una chica, pensó al recordar a su hermana durante la adolescencia.

Él había tenido la suerte de vivir una infancia idílica, en un ambiente feliz y estable y con unos padres que se adoraban y a sus hijos también. A lo mejor las experiencias de Anna durante su infancia le habían provocado un grave daño emocional y eran la causa de su feroz deseo de independencia.

Por los artículos de prensa, él se la había imaginado superficial y mimada, pasando de un novio a otro con regularidad. A él le parecía bien la libertad para ambos sexos y no buscaba una relación comprometida y a largo plazo.

Todo lo que había leído sobre Anna confirmaba que era una sofisticada mujer de mundo y estaba impaciente por llevársela a la cama. Pero al volver a encontrarse con ella había percibido un toque de vulnerabilidad, inesperado e inquietante. Bajo su belleza de hielo había un pozo de emociones y, para su sorpresa, él sintió una inclinación a protegerla.

–¿Eres hija única? –preguntó–. ¿Hay alguna otra maravillosa Christiansen a punto de irrumpir en el mundo de la moda?

–Tengo dos hermanastras del segundo matrimonio de mi padre –ella hizo una pausa–, pero no estamos unidas.

De adolescente ella sufría por el hecho de que su adorado padre prefiriera vivir con los hijos de su nueva esposa en lugar de con ella. Sus celos habían provocado disputas durante las visitas mensuales y habían conducido a Lars Christiansen a romper casi todos los lazos con ella. La sensación de rechazo había sido casi insoportable, pero le había enseñado una lección.

–¿Sigues en contacto con tu padre? –preguntó Damon.

–En Navidad y a veces para mis cumpleaños, si se acuerda –contestó ella secamente–. Vive en Suecia y actualmente va por su tercer divorcio. Mi madre se casó recientemente por tercera vez, aunque no sé por qué. A mí el matrimonio no me dice nada.

–Puede que las experiencias de tus padres sean el motivo por el que tus relaciones no duren más de unas pocas semanas –comentó Damon–. Tu infancia te ha inculcado el temor al compromiso. ¿Por eso saltas de una pareja a otra?

Habían llegado a la puerta del complejo deportivo y Anna se giró furiosa. Sus ojos echaban chispas. Él había vuelto a dar por hecho que la prensa decía la verdad, y eso le dolía. ¿Por qué le importaba tanto lo que él pensara? ¿Por qué tenía que escuchar ella su charlatanería psicológica sobre las secuelas de su infancia?

–No eres el más indicado para hablar de compromiso, Damon –le espetó–. Tu fama de mujeriego te precede. Se te considera algo así como un mujeriego multimillonario con la moral de un gato callejero –añadió–. Por lo visto tomas lo que deseas y cuando lo deseas sin tener en cuenta los sentimientos de los demás, pero te lo advierto, ¡a mí no me conseguirás!

Antes de que él tuviera tiempo de contestar, ella le dio la espalda y se dirigió a los vestuarios.

La expresión de sorpresa de Damon resultaba casi cómica y ella dudó de que alguien le hubiese hablado jamás con tanta sinceridad, pero no le parecía gracioso. Prácticamente la había acusado de ser una furcia, recordó bajo la ducha, donde dejó brotar sus lágrimas de rabia.

Ella era una de las mujeres más fotografiadas del mundo y estaba acostumbrada al chismorreo y las especulaciones sobre su vida privada. Era la parte de su trabajo que más odiaba y, en ocasiones, sus abogados habían demandado a alguna publicación.

Pero en general ella había aprendido a vivir con el hecho de que, a los ojos de la prensa, era de propiedad pública y trataba su intrusismo con fría indiferencia.

Ocultar sus verdaderos sentimientos se había convertido en una cuestión de orgullo y no entendía por qué le importaba tanto la opinión de Damon.

Después de ducharse y vestirse se peinó el cabello suelto, con un aire natural. Se acercó al restaurante y estudió el menú del día. Por suerte no había señales de Damon y estaba hambrienta.

–¿Comerás con nosotros hoy, Anna?

Ella se giró ante el familiar acento italiano y sonrió a Roberto, el gerente de la cafetería. Su buen hacer había proporcionado al restaurante una merecida fama. En verano, ella comía a menudo en la terraza, sentada junto al arroyo que recorría todo el complejo deportivo.

–Reconozco que me apetece –contestó ella mientras rechazaba la idea de un sándwich en su casa ante alguno de los exquisitos platos de Roberto.

–He preparado tu plato preferido, ensalada Niçoise –le informó Roberto con una sonrisa–. Tu amigo te espera en tu mesa habitual.

–No me digas.

De inmediato perdió el apetito, sustituido por una fuerte irritación, pero no tenía otra opción y siguió a Roberto hasta la terraza.

–¿Qué haces aquí? –preguntó a Damon, que estaba sentado a *su* mesa, en cuanto Roberto desapareció–. Creí haberte dejado claro que no quería volver a verte.

–Tienes que comer adecuadamente después de todo ese ejercicio –contestó Damon tranquilamente, sin preocuparle la tormenta que se formaba en sus ojos azul oscuro–. Y no me refiero a un simple sándwich mientras pones al día el papeleo.

¿Tenía poderes para leer la mente? Ella esperó sinceramente que no fuera así mientras apreciaba sus pantalones y polo negro, desabrochado, que dejaba ver el bronceado de su cuello. Era muy sexy, pero ella preferiría morir antes que darle la satisfacción de saber cuánto le gustaba.

–No quiero comer contigo –musitó ella, furiosa, con las manos apoyadas en las caderas.

–¿Siempre te portas como una cría? –preguntó él tranquilamente.

–¿Siempre eres tan terco?

Parecían haber alcanzado un punto muerto, pero entonces apareció Roberto con la comida.

–Estás provocando una escena. Sé buena chica y siéntate. Hazlo por tu amigo –ordenó Damon en un tono que hizo que ella se sentara en la silla.

–Eso no ha sido una escena, créeme. Sé hacerlo mucho mejor –gruñó amenazadoramente antes de recibir a Roberto con una sonrisa–. Qué buen aspecto tiene, Roberto, como siempre.

–Espero que os guste –dijo Roberto alegremente–. Ya he visto que entrenas duro para la carrera, pero ahora necesitas comer –le guiñó un ojo a Damon–. Anna parece un ángel, y te aseguro que tiene un gran corazón. Siempre está recaudando dinero para distintas obras. ¿Vas a verla correr el maratón?

–No me lo perdería por nada del mundo –aseguró Damon mientras evitaba la mirada envenenada de Anna–. La apoyaré todo el camino.

Esa idea bastó para arruinar el apetito de Anna, pero no quería herir los sentimientos de Roberto y se puso a comer. Damon la ignoró, concentrado en su propio plato y ella empezó a relajarse. La comida era deliciosa y Anna disfrutó de ella, y con el relajante sonido del arroyo.

–¿Mejor que un sándwich? –la pregunta hizo que

levantara la cabeza para descubrir que Damon había terminado su plato y la contemplaba fijamente.

–Mucho mejor, aunque tengo mucho papeleo por terminar –admitió con una leve sonrisa. La comida de Roberto, y su propia naturaleza, había hecho que su enfado se esfumara poco a poco–. No me había dado cuenta del hambre que tenía. Gracias –añadió torpemente.

–No hay de qué.

Ella se sorprendió por el efecto que le produjeron esas sencillas palabras. Todos sus sentidos estaban pendientes de Damon y no existía nada más. Ya no oía las voces de los demás comensales, y el aire parecía tan inmóvil que era consciente de su respiración.

–¿Cuánto tiempo te quedarás en Inglaterra? –preguntó en un tono de voz demasiado alto.

–No estoy seguro, depende de una serie de cosas –contestó con una sonrisa que hizo saltar el corazón de Anna, que sintió el impulso de arrancarle las gafas de sol para poder leer sus pensamientos, aunque lo que hizo fue ponerse las suyas. Se sentía más segura con ellas–. ¿Y tú qué? ¿Tienes algún viaje previsto?

–Tengo algunos compromisos en Nueva York, pero hasta dentro de dos semanas no tengo nada. Así podré prepararme para la carrera benéfica –y añadió con una sonrisa arrebatadora–, y luego recuperarme de ella.

Damon reconoció que esa sonrisa lo había conquistado. Cuando ella sonreía, se iluminaba su rostro y su belleza clásica se volvía sobrecogedora. Se preguntaba qué haría ella si de repente él se inclinara sobre la mesa y la besara sin pensar en los demás comensales. La mayoría de las mujeres de su entorno se reirían mientras bajaban la mirada. Anna sin duda le tiraría la cafetera a la cabeza, reconoció con una sonrisa mientras intentaba controlar sus aceleradas hormonas.

–¿Por qué elegiste la carrera de modelo? –preguntó–. Aparte de los motivos evidentes.

–¿Evidentes? –preguntó ella, perpleja.

–Tu aspecto. Seguro que no soy el primero en decirte que la combinación de tus facciones es exquisita.

Anna sintió un escalofrío ante la frialdad de sus palabras. Era verdad que recibía continuos piropos por su aspecto, pero no solían afectarla lo más mínimo. ¿Por qué había provocado tal oleada de placer en ella la afirmación de Damon?

Ella quiso decir algo ingenioso, pero su boca se quedó repentinamente seca y alargó una mano temblorosa hacia el vaso de agua.

–No fue una decisión consciente –dijo cuando fue capaz de articular palabra–. Al acabar la escuela, la mayoría de mis amigos, incluida Kezia, fueron a la universidad, pero yo no tenía claro lo que quería hacer con mi vida. Cuando me «descubrieron» paseando por Kings Road, pareció un regalo del cielo. Debía varios meses de alquiler y no me quedaba dinero. Pero nunca me lo planteé como profesión.

–Aun así tu éxito es increíble –comentó Damon–. ¿Te gusta ejercer de modelo?

–Me gusta el dinero –contestó abiertamente–. Me encanta la sensación de independencia económica y no tener que depender de nadie para nada.

De nadie, o sea, de un hombre, adivinó Damon. ¿Qué le había sucedido en el pasado para que fuera tan desconfiada? A lo mejor una relación rota, o las experiencias vividas durante su infancia.

–Es evidente que te importa mucho tu independencia económica, pero ¿no es muy corta la vida laboral de una modelo? Incluso de una modelo internacional como tú.

–Con suerte, seguiré trabajando unos cuantos años más, y ya tengo varias propiedades, que pienso aumentar. El mercado de compra de inmuebles para alquilar es boyante en Londres. Seguro que ya lo sabes, y me gusta mucho más ser propietaria que inquilina.

–De modo que tras ese rostro angelical se esconde el cerebro de una despiadada mujer de negocios –bromeó Damon.

–Ya sé lo que es tocar fondo –contestó ella–. Los meses transcurridos desde que dejé la escuela hasta que entré en la agencia de modelos fueron un infierno. No tenía trabajo, ni dinero, y a menudo tenía que echar mano de amigos para que me alojaran.

–Pero seguro que podías haberte quedado con tu padre o tu madre tras abandonar el internado, ¿no? –preguntó Damon, incapaz de ocultar su sorpresa. No sería más que una cría por aquel entonces, pero parecía como si su familia la hubiese abandonado. Eso explicaba su obsesión por la seguridad económica.

–Mi padre estaba ocupado con su nueva familia. Ya nos habíamos distanciado y su esposa dejó bien claro que no deseaba cargar con una adolescente difícil –le contó Anna, incapaz de ocultar la amargura en su voz–. Mi madre estaba casada con su segundo marido y –dudó un instante–, tenía motivos para marcharme de casa.

Algo en su voz llamó la atención de Damon. Quería preguntarle por esos motivos, pero sentía que se había puesto tensa.

El sol calentaba el aire, pero Anna temblaba. Era como si una nube negra se hubiese instalado sobre su cabeza y la ahogara con unos inquietantes recuerdos que prefería olvidar. El malicioso rostro de su padrastro volvió a su mente, y volvió a sentir la familiar oleada de náuseas al recordar su aliento sobre la piel... y sus manos que la tocaban a la menor oportunidad.

–¿Estás bien, Anna? –la voz de Damon parecía sonar muy lejana y ella se obligó a volver al presente. Él la observaba con un destello de preocupación en sus oscuros ojos.

–Estoy bien, solo un poco cansada, eso es todo –le aseguró rápidamente mientras conseguía forzar una pequeña sonrisa–. No quiero entretenerte, seguro que eres un hombre muy ocupado, Damon –añadió mientras se levantaba–. Gracias otra vez por la comida.

–¿Dónde tienes el coche? Te acompañaré –él ya había recogido la bolsa de deportes de ella y, antes de que se diera cuenta, la había rodeado con un brazo por la cintura–. Estás muy pálida, *pedhaki mou*. Creo que no deberías conducir.

–No voy a hacerlo. Mi piso no está lejos de aquí y vine andando por el parque. Damon, estoy bien –dijo bruscamente. Estaba tan preocupada intentando ignorar el roce de su muslo contra el suyo que no se había dado cuenta de que lo había acompañado hasta su coche.

–Ya estamos, entra –dijo él alegremente.

–Ya te he dicho que iré andando –ella lo miró furiosa cuando él abrió la puerta del coche.

–¿Vamos a pelearnos por eso? –él la bloqueó el paso con los brazos cruzados, en una actitud que le indicó que ella no iba a ninguna parte.

Damon notó con satisfacción que ya no estaba tan pálida. Había algo en su pasado que le preocupaba seriamente, pero ese no era el momento de intentar sonsacárselo. A cambio de eso, esperaba que ella se centrara en el presente.

–Eres el hombre más indignante que he conocido

jamás –le espetó furiosa mientras se daba por vencida y se sentaba en el coche.

Cuando él se sentó al volante, ella giró la cabeza para ignorarlo durante el trayecto hasta su piso. Cuando aparcó el coche y apagó el motor, ella se giró hacia él con los ojos muy abiertos y brillantes.

–¿Qué quieres de mí? –preguntó con voz ronca y temblorosa, provocando un dolor en la boca del estómago de Damon. La vulnerabilidad de su mirada lo alteraba más de lo que quería admitir.

–Un poco de tu tiempo. Una oportunidad para que nos conozcamos mejor e investiguemos lo empezado en Zathos –contestó tranquilamente.

–No empezamos nada –el feroz rechazo a sus palabras fue inmediato mientras soltaba, presa del pánico, el cinturón del coche–. Tu imaginación debe de haberte jugado una mala pasada, Damon. No hubo nada.

–¿No? –antes de que ella pudiera reaccionar, él le sujetó la nuca con la mano y bajó la cabeza para depositar un breve y duro beso en sus labios.

En cuanto la tocó, Anna se puso rígida, mientras esperaba la familiar oleada de repulsión. Pero no llegó. En lugar de revivir los desagradables recuerdos del pasado, su mente pareció quedarse en blanco, salvo por la sensación del cálido placer de sus bocas unidas, que lo llenaba todo. La lengua de él exploró con delicada precisión la forma de sus labios pausada y evocadoramente, lo que le hizo empezar a temblar. Para su propia sorpresa, ella deseó más, pero al entreabrir la boca, él se separó y la miró fijamente a los ojos.

–¿Mi imaginación? –se mofó él–. No lo creo, Anna. La química entre nosotros en Zathos estaba al rojo vivo, y sigue ardiendo... por ambas partes. La pregunta es qué vamos a hacer al respecto.

Capítulo 4

ANNA pasó el resto del día de limpieza, con la esperanza de que le impidiera pensar en Damon. Ya no podía negar que se sentía atraída por él, pero sentía pánico.

Sin embargo, el recuerdo de su beso persistía. No podía olvidar la sensación de sus bocas unidas, el placer despertado por sus firmes labios, y le asustaba el no querer que él parara.

Pasó la tarde revisando papeles, pero a pesar de que era más de medianoche cuando por fin se acostó, durmió mal por segunda noche consecutiva.

A la mañana siguiente culpó a Damon por ello, mientras se vestía para otra sesión de entrenamiento. Él había irrumpido en su vida como un tornado.

Mientras se tomaba una segunda taza de café, sonó el timbre. Al abrir la puerta, apareció un precioso ramo de rosas.

–Me dijeron que se las entregara –murmuró el repartidor mientras le entregaba dos botellas de agua mineral–. El tipo griego dijo que me asegurara de que se las llevara a la pista. Supongo que usted entenderá el mensaje mejor que yo.

Anna le dio las gracias, cerró la puerta y llevó las flores a la cocina antes de abrir la tarjeta con dedos temblorosos.

Sigue con el entrenamiento, esperaré verte cruzar

la línea de meta, había escrito Damon. Su arrogancia era insufrible. Durante un instante, pensó en arrojar el ramo a la basura. Su nota era un sutil recordatorio de su intención de que ella mantuviera su promesa de ir a cenar con él tras el maratón, pero no pudo evitar un escalofrío ante la idea de volverle a ver.

La palabra «no», no aparecía en el diccionario de Damon Kouvaris, decidió ella mientras guardaba las botellas de agua en su bolsa. Ya era hora de que alguien le dijera que no iba a salirse siempre con la suya. Pero al inhalar el delicado perfume de las flores no fue capaz de destruirlas y las colocó en un jarrón sobre la mesa.

Él telefoneó a media tarde. Ella tomaba un baño con el que esperaba aliviar sus doloridos músculos y estaba sumergida en aromáticas burbujas cuando sonó el teléfono. Ante la insistencia de la llamada, soltó un juramento y salió de la bañera envuelta en una toalla.

Quienquiera que llamara era irritantemente insistente, y eso debía de significar que era su madre, pensó amargamente. Hacía menos de seis meses desde que Judith había telefoneado desde su casa en Francia para dejar caer la bomba del anuncio de su tercer matrimonio. ¿No era demasiado pronto para anunciar su divorcio?, pensó Anna con cinismo mientras contestaba.

–Anna, espero no haberte molestado –una voz familiar, con un delicioso y fuerte acento sonó en su oído y le puso la piel de gallina.

–Estaba en la bañera –contestó secamente–, y ahora estoy regando la moqueta.

Tumbado en la cama de su habitación de hotel, Damon cerró los ojos y se imaginó a Anna mojada, con la piel sonrosada y envuelta en una toalla. A lo mejor ni siquiera llevaba toalla, pensó mientras sentía el familiar

movimiento de sus partes íntimas. Esas maravillosas piernas estarían suaves como la seda, quizás brillantes con algunas gotitas de agua. Sus rubios cabellos estarían reco-
gidos sobre la cabeza, con algún mechón suelto sobre su
cara. El ansia estalló y se imaginó soltando la pinza para
que la mata de seda dorada cayera sobre sus pechos.

—Lo siento. ¿Quieres ponerte algo?

—Está bien. Llevo puesta una toalla.

—¿De baño o de mano? —preguntó con voz ronca.

—¿Eso importa? —Anna respiró hondo y luchó por
controlar el temblor que la recorría ante el sonido de su
voz—. ¿Querías algo, Damon? Aparte de una descrip-
ción del tamaño de mi toalla.

—Tengo dos entradas para esta noche para el Royal
Ballet —dijo mientras pensaba en lo tentador que sería
decirle exactamente lo que quería—. Me preguntaba si
te gustaría acompañarme.

Anna admitió en silencio que era una oferta tenta-
dora. Él era tentador. Dudó, mientras dirigía la mirada
hacia el ramo de rosas. Se sentía al borde de un preci-
picio. Un movimiento equivocado la lanzaría hacia su
destrucción.

—¿Por qué me enviaste flores? —preguntó secamente.

—Me recuerdan a ti: fragantes, frágiles e infinitamente
bellas —contestó—. ¿No te han gustado?

—Por supuesto que sí, ¿a qué mujer no le gustan las
flores? —susurró mientras su cuerpo reaccionaba ante
la sensualidad de su voz.

Pero la imagen de las otras mujeres en su vida la
devolvió de golpe a la tierra. ¿Enviaba flores a todas
las rubias que le gustaban? Las facturas de la floriste-
ría debían de ser enormes, pensó ella mientras el sentido común volvía a tomar el mando.

–Me temo que he prometido hacer de canguro para una amiga esta noche –mintió. Le pareció una excusa perfecta y se felicitaba por su rapidez mental cuando él habló de nuevo.

–A lo mejor te podría echar una mano. Se me dan bien los niños.

Ella recordó, demasiado tarde, la paciencia mostrada por él en Zathos con su ahijado. A ella le había sorprendido su natural facilidad con los niños y la idea de que pudiera ser un buen padre.

–No creo que sea buena idea, y estoy segura de que no quieres desperdiciar las entradas. Tendrás que buscar en tu agenda otra compañera para esta noche. Seguro que hay un montón de candidatas dispuestas –añadió inocentemente, pesarosa por lo mucho que odiaba la idea de que él tuviera una larga lista de rubias en su agenda.

–Docenas –le aseguró él en tono aburrido–, pero actualmente eres la primera de la lista.

–Qué suerte tengo –contestó ella en el mismo tono mientras colgaba el teléfono sin darle la oportunidad de contestar y pasaba los siguientes diez minutos en el pasillo por si volvía a llamar. No lo hizo y, mientras se recriminaba a sí misma, volvió a su baño.

Había hecho bien en rechazarle, se aseguró por enésima vez. Su instinto le advertía de que Damon no era para ella y, aunque le fascinaba, se negaba a arriesgar su seguridad emocional por un hombre que consideraba a las mujeres meras compañeras de juegos sexuales.

Horas después, ella deseó haber aceptado la invitación de Damon.

–Anna, ¿por qué no bebes nada?

Anna giró la cabeza para evitar la bocanada de aliento alcohólico. Aquella noche se estaba convirtiendo en un infierno, pensó cuando Jack Bailey, la estrella de los anuncios de una popular marca de vaqueros, se sentó a su lado.

—Camarero, más champán —pidió Jack—. ¿Quieres saber quién es ella? —gritó tan fuerte que obligó a todos a girarse hacia ellos—. Es Anna Christiansen, la mujer más preciosa del mundo, ¿verdad, Anna? —la miró de reojo, con su atractivo rostro inflamado por el vino.

Tras rechazar la invitación de Damon, ella se enfrentaba a una larga y solitaria velada, y cuando el teléfono sonó poco después de las seis, ella dio un respingo, pero su escalofrío de anticipación se esfumó al descubrir que la llamada era de uno de los modelos con los que había trabajado en Sudáfrica.

Una cena con amigos, aunque fueran meros conocidos y no íntimos, era mejor que una noche frente al televisor. Por lo menos le permitiría pensar en otra cosa que no fuera en cierto griego.

Pero en el restaurante, enseguida resultó evidente que la tranquila velada se había convertido en un acto social a gran escala. Amigos de los amigos se unieron a la fiesta. El vino corría y el grupo era cada vez más ruidoso. Los intentos de un borracho Jack por meterse dentro de su vestido fue la gota que colmó el vaso, y ella le dedicó una mirada heladora.

—Cierra el pico, Jack —murmuró con irritación—. ¿No crees que ya has bebido bastante?

Su comentario solo consiguió que el actor sonriera bobaliconamente y mientras ella intentaba retirar la mano de él de su falda, sintió un escalofrío. Fue la misma sensación que tuvo aquella noche en casa de Kezia y, lentamente, levantó la cabeza.

Damon estaba en una mesa algo alejada. Anna lo reconoció al instante y se le cayó el alma a los pies al ver a su atractiva acompañante. ¿Sería la segunda de la lista?, se preguntó mientras contemplaba a la increíble pelirroja que se encontraba sentada a su lado.

Era tarde y ella supuso que Damon y su acompañante habían ido al restaurante nada más salir del teatro. Sin duda, la representación de *El lago de los cisnes* había sido espectacular, pensó mientras deseaba haber tenido el valor de aceptar su invitación.

Al principio se dijo que había hecho bien, al ver que no había tardado en encontrar otra pareja, pero se quedó sin respiración cuando de repente él se irguió y miró al otro lado del restaurante.

Incluso en la distancia, ella detectó el destello de sorpresa cuando la descubrió, y se sonrojó al recordar la excusa con la que había rechazado su invitación. Era obvio que Damon también recordaba su mentira. Su mirada se posó en Jack Bailey, hundido en un estupor alcohólico a su lado, y su boca esbozó una sonrisa antes de volverse hacia su acompañante.

Maldita sea, pensó ella furiosa. Él no era su niñera. Había mentido, ¿y qué? A lo mejor por fin había captado el mensaje de que ella no quería tener nada que ver con él.

Pero, para su pesar, era incapaz de quitarle la vista de encima. Estaba estupendo, delgado, moreno y rebosante de su propia mezcla letal de magnetismo sexual. La mayoría de los ojos femeninos en el restaurante estaban posados sobre él.

En ese momento, él levantó la vista y atrapó su mirada. Las voces parecieron amortiguarse y los demás comensales esfumarse hasta que solo quedó Damon y la poderosa corriente eléctrica entre ambos.

La reacción de ella fue instantánea. Le dolían los pechos y, para su horror, sus pezones estaban erectos. Se consoló al pensar que él no podía verlo a esa distancia, pero la repentina tensión de sus hombros le indicó que era muy consciente del efecto que causaba en ella.

–Anna, vamos al club, ¿vienes? –la voz de Jack Bailey resonó en sus oídos, irritante e insistente, pero al menos consiguió que ella se liberara del hechizo de Damon.

–No, gracias, ya he tenido bastante y me voy a casa –contestó secamente.

–Venga, no seas sosa –suplicó Jack.

La siguió tambaleándose hacia la salida. El restaurante era uno de los más populares de Londres y los paparazzi se agolpaban ante la entrada, desesperados por fotografiar a cualquier famoso.

Lo último que ella deseaba era una foto junto a Jack en las portadas del día siguiente. Por algún motivo, a la prensa le fascinaba su vida amorosa, pero ella se negaba a ser un peón en su juego.

Se retiró hacia un rincón, pero Jack se dio cuenta y se unió a ella con la mirada perdida y la camisa desabrochada mientras la empujaba contra la pared.

–De acuerdo, olvidemos el club. Celebremos una fiesta privada, tú y yo, nena. ¿Quieres venir a mi casa? –se tambaleó y cayó hacia delante, aprisionando a Anna contra la pared. Su aliento le quemaba la piel cuando posó sus labios sobre los de ella, y sus manos húmedas parecían estar por todo su cuerpo mientras buscaban bajo su blusa.

De inmediato ella se vio transportada en el tiempo. Pero en lugar de Jack, era su padrastro el que la empujaba contra la pared mientras se reía de ella por su intento de evitar que la tocara.

–Jack, ¡suéltame! Déjame en paz –presa del pánico y de una creciente claustrofobia, ella soltó un alarido y le dio una bofetada.

–Maldita zorra, ¿por qué has hecho eso? –Jack se echó atrás–. Todo el mundo dice que eres una furcia frígida y ahora sé por qué –pero su sonrisa se esfumó al sentir una mano sobre el hombro.

–¿Necesitas ayuda, Anna?

Damon apareció ante ella, sus oscuros ojos fríos y crueles relampagueaban mientras agarraba a Jack por el brazo y lo inmovilizaba con insultante facilidad. Anna hubiera querido quitarle hierro al asunto, pero en su lugar, asintió a modo de contestación.

Ella sentía una mezcla de vergüenza y pánico. Se dijo que no habría pasado nada. Estaban en la entrada de un famoso restaurante y Jack no habría podido hacerle daño… forzarla.

–¿Llamo a la policía? –preguntó el gerente del restaurante a Damon.

–¡No! –los ojos de Anna suplicaban. Sería carne fresca para la prensa y ella no soportaría la humillación de leer las mentiras sobre su supuesta relación con Jack en los periódicos del día siguiente.

–No creo que sea necesario –contestó Damon sin dejar de contemplar el pálido rostro de Anna–. Le dejaré que se ocupe de él –desvió la mirada hacia Jack, cuya fanfarronería había desaparecido y que se tambaleaba sobre sus pies–. ¿Hay otra salida? Parece que toda la prensa mundial ha acampado ahí fuera.

–Pueden salir por la cocina –dijo el gerente enseguida–. Por aquí.

–Está bien. Puedo cuidar de mí misma –murmuró Anna mientras dirigía la mirada de Damon a la preciosa pelirroja que estaba estupefacta por la escena.

–¿De verdad quieres salir ahí fuera? –él señaló hacia la puerta del restaurante donde se agolpaban los fotógrafos–. ¿Con ese aspecto?

Antes de que ella pudiera contestar, él la obligó a darse la vuelta y entonces vio su imagen en el espejo. El moño estaba deshecho, el carmín esparcido por toda su cara, pero sobre todo, su mirada era salvaje y brillante, y delataba que estaba al borde del colapso.

–La prensa haría su agosto –dijo Damon mientras buscaba su móvil–. Le pediré a mi chófer que se reúna con nosotros en la parte trasera.

Ella no tenía otra alternativa que la de obedecer y seguir a Damon hacia la salida a través de la cocina. Al girarse vio a Damon hablar con su acompañante.

¿Qué estaría pensando la otra mujer? Anna se mordió el labio inferior y siguió al gerente por la puerta de atrás hasta un estrecho callejón lleno de cubos de basura. Se sentía tan avergonzada que quería morirse y era incapaz de mirar a Damon o a su amiga.

–Realmente no hay necesidad de que interrumpas tu velada –murmuró ella–. Basta con decirle al chófer que me deje en la calle principal y llamaré a un taxi.

–No hay problema –contestó la compañera de Damon–. De todos modos, le prometí a mi marido que estaría de vuelta a medianoche –añadió con una sonrisa–. Y no queremos que se altere, ¿verdad, Damon?

–Desde luego que no. Por muy amigo mío que sea, creo que Marc me zurraría si no te devuelvo sana y salva, y a la hora –contestó con un brillo de diversión en la mirada ante la evidente confusión de Anna–. Anna, quiero presentarte a Elaine Sotiriou. Su marido y yo fuimos juntos al colegio y tuve la suerte de convencerle de que me prestara a su mujer esta noche.

–Sí, el ballet ha sido maravilloso. Es una pena que ya

estuvieras comprometida –dijo Elaine amablemente. El coche se paró frente a unas casas georgianas y ella besó a Damon en la mejilla–. Os invito a un café. A mi marido le encantaría conocerte –añadió mientras sonreía a Anna.

–Puede que en otro momento –contestó Damon–. Tengo que llevar a Anna a su casa.

Anna abrió la boca para decirle que él no era responsable de ella, pero luego recordó su horrible aspecto y cambió de idea. Para ser sincera, ansiaba volver al refugio de su apartamento. El incidente con Jack había sido más desagradable que traumático, pero le había recordado a su padrastro, que todavía tenía el poder de alterarla a pesar del tiempo transcurrido.

Durante el trayecto de veinte minutos, ella se mantuvo en silencio y en tensión mientras esperaba a que Damon hiciera algún comentario sobre haberle mentido. Pero él no dijo nada.

–Gracias por traerme y… por todo –ese *todo* incluía rescatarla de Jack Bailey.

–Te acompaño.

–No hace falta.

Ella empezaba a reaccionar y no pudo evitar un escalofrío. Damon se puso rígido. ¿Tenía ella idea de lo vulnerable que parecía? Sus ojos estaban muy abiertos, con una expresión herida. Él apoyó una mano suavemente en su hombro para guiarla hacia el portal y percibió su respingo.

Esperaba que Anna no le creyera capaz de saltar sobre ella como había hecho aquel borracho. La sospecha bastó para que él retirara la mano y se contentara con seguirla de cerca hasta su piso.

Al llegar a la puerta ella se detuvo y él le quitó las llaves de las temblorosas manos.

–Damon…

–Prepararé café mientras tú arreglas el desastre causado por tu amante –él había percibido la desesperación en su voz–. Después te prometo que me marcharé.

–Jack no es mi amante –ni mucho menos, pensó mientras le sacudía una oleada de repulsión–. Ni siquiera es un amigo –admitió–. Cenar con un grupo de conocidos parecía más seguro que…

–Pasar la noche conmigo –Damon terminó la frase mientras la observaba sonrojarse y sintió de nuevo la necesidad de protegerla. Anneliese Christiansen era famosa por ser una sofisticada mujer de mundo, la princesa de hielo, que atraía a numerosos amantes. Pero la mujer que tenía ante él le recordaba a una niña asustada y tuvo que contenerse para no abrazarla mientras la seguía por el pasillo hasta la cocina.

–Un café y luego te vas –dijo ella, incapaz de evitar el temblor de su voz mientras llenaba la cafetera de agua y buscaba las tazas en el armario. Una de ellas se cayó al suelo y se hizo añicos. Ella soltó un grito y se arrodilló para recoger los trozos.

–Déjalo.

Ella dio un respingo. Damon percibió sus lágrimas y se le encogió el estómago.

–Arréglate un poco –le dijo dulcemente mientras la ayudaba a ponerse en pie y le quitaba el carmín de la mejilla con el pulgar.

Desde el momento en que la vio acorralada por aquel patán borracho, él solo pudo pensar en el asesinato. No entendía de dónde le salía esa obsesión posesiva, esa necesidad de cuidarla.

Apenas la conocía, se recordó impacientemente mientras la empujaba suavemente fuera de la cocina. El sentido común le advertía de que Anna era sinónimo de problemas. Pero durante los dos últimos meses había sido incapaz de olvidarla, e incluso en esos momentos, cuando estaba demacrada y tremendamente vulnerable, él la deseaba más que a ninguna otra mujer.

Anna entró en el cuarto de baño y echó el cerrojo. Se sentía sucia y mancillada y con rápidos, casi desesperados, movimientos, se arrancó la ropa y se duchó.

Se frotó todo el cuerpo mientras escuchaba los sonidos provenientes de la cocina.

De repente era como si volviera a tener quince años y escuchara el sonido de las pisadas de su padrastro junto a la puerta del cuarto de baño, al acecho. Siempre tenía una buena excusa, pero ella sentía escalofríos al recordar su malévola sonrisa y la forma en que la miraba cuando huía hacia su dormitorio.

Todo eso tenía que acabar, se dijo mientras salía de la ducha y se envolvía en una toalla. Ya no tenía quince años, tenía veinticinco. Era una mujer adulta y de éxito y nadie podía hacerle daño, sobre todo el segundo marido de su madre, Philip Stone.

–«Eres tan bonita, Annie. Y ya no eres ninguna niña. Me he dado cuenta de que te estás convirtiendo en una mujer».

–«Cállate, Phil, o se lo diré a mamá».

–«¿Decirle el qué, Annie? Solo digo que te estás poniendo preciosa. Apuesto que a muchos hombres les gusta mirarte. A mí me gusta».

¡No! Anna se miró en el espejo con gesto repulsivo ante el recuerdo de su padrastro. Phil pertenecía al pasado. No le había vuelto a ver desde que ella se marchó de casa a los diecisiete años. Las sucias insinuaciones sexuales de su padrastro la ponían enferma y cuando empezó a tocarle el muslo, o a darle un cachete en el trasero, supo que tenía que irse.

Confiarse a su madre nunca fue una opción. Tras

años de depresión por culpa de su primer matrimonio, Judith era al fin feliz, y Anna era incapaz de arruinar su felicidad. Por eso guardó silencio y aseguró a Judith que se marchaba para compartir piso con unos amigos.

El matrimonio entre su madre y Phil terminó por romperse. Ella nunca supo el motivo. Ni lo había preguntado. A pesar de las súplicas de Judith, ella se negó a volver a una casa que había llegado a odiar. Tenía una nueva vida, ganaba mucho dinero y se había jurado solemnemente no perder nunca su independencia por nadie.

–Anna, el café se enfría –la voz de Damon sonó al otro lado de la puerta del cuarto de baño con un tono de preocupación.

–Está bien, ya voy –el grueso albornoz le llegaba por debajo de las rodillas y ocultaba sus formas. Ella no quería que hubiese ningún posible malentendido. Lo único que iba a ofrecerle a Damon era un café.

Era el hombre más maravilloso, sexy y carismático que ella hubiese conocido jamás, y ella aún no se había recuperado de su propia reacción ante su beso. Pero prevenir era curar, y ella estaba decidida a que no volviese a suceder.

Capítulo 5

ANNA entró en el salón y se encontró a Damon tumbado en el sofá con las piernas estiradas y las manos bajo la nuca. Se había quitado la chaqueta y la corbata y aflojado los dos primeros botones de la camisa. Para Anna, su insolente masculinidad dominaba el pequeño salón, tan femenino en su decoración.

–Ya veo que te has puesto cómodo –dijo ella sucintamente mientras se sentaba en el sillón, lejos de él. Parecía haberse acomodado para pasar la noche, y se puso en alerta cuando él le dedicó una de sus devastadoras sonrisas.

–Aquí tienes el café –dijo él mientras señalaba la bandeja sobre la mesita–. También he preparado unos sándwiches. Me fijé en que no comiste demasiado en el restaurante.

–No me digas que me estabas espiando. Sé cuidar de mí misma, ¿sabes?

–Sí, ya me di cuenta.

El comentario hizo que ella se sonrojara.

Ansiosa por evitar su mirada, ella levantó la servilleta y descubrió unos sándwiches en un plato.

Hasta se había molestado en quitarle la corteza al pan. Ella estaba tan habituada a valerse por sí misma que ese simple gesto hizo que se emocionara. Mordió el sándwich, ya que era cierto que apenas había tocado la cena y, para su sorpresa, tenía hambre.

–No podré con todos –murmuró al ver que él se limitaba a mirarla.

–Ven a mi lado, te ayudaré con ellos –contestó él mientras daba una palmada sobre el hueco vacío del sofá. Parecía una grosería negarse, y ella se sentó junto a él con el cuerpo en tensión.

–No sabía que fueras tan casero –dijo ella mientras atacaba un segundo sándwich.

–No tengo problema con las cosas mundanas –él se encogió de hombros–. Al igual que tú, valoro mi independencia y en casa tengo el mínimo de empleados – luego hizo una pausa y prosiguió–: Mi esposa creía firmemente en la igualdad entre los sexos y desde el día de la boda dejó claro que no sería la típica esposa griega.

Anna sentía zumbarle los oídos. La habitación pareció ladearse peligrosamente y ella respiró hondo. No podía desmayarse. Sería muy… patético.

–No sabía que tuvieras una esposa –dijo al fin. Se sentía enferma y desbordada por las emociones. Sobre todo por la ira. Si estaba casado, ¿qué hacía en su piso y por qué la había besado?

¿Tan irresistible se creía que pensaba que ella accedería a convertirse en su amante?

–Murió hace ocho años –dijo sin rastro de emoción, mientras Anna lo miraba fijamente.

–Lo siento. No lo sabía –murmuró ella mientras distintas emociones se reflejaban en su rostro: impresión, confusión, simpatía y un toque de alivio–. ¿Fue un accidente o una enfermedad?

–Una trágica mezcla de ambas cosas. Eleni padecía asma, pero lo tenía controlado, o eso pensábamos. Días antes de su muerte, nada hacía presagiar que su estado había empeorado. Cuando me marché de viaje estaba como siempre –explicó Damon–. Era artista, y parece ser que mientras estaba encerrada en su estudio sufrió un ataque especialmente violento y no pudo alcanzar su inhalador a tiempo. Cuando la asistenta la encontró, ya estaba muerta.

–¡Dios mío, qué horror! Debes de echarla de menos –susurró Anna.

–Fue hace mucho tiempo –dijo él en voz baja–. La vida sigue… tiene que hacerlo. Pero me llevó tiempo aceptar la crueldad de su repentina muerte –dudó un instante antes de continuar–: Puede que su inesperada pérdida sea el motivo por el que nunca desperdicio una ocasión para vivir –murmuró mientras la miraba fijamente con unos ojos tan oscuros que ella sintió que se ahogaba en sus profundidades.

–Lo siento mucho –repitió ella. Las palabras parecían insuficientes y, abrumada por la emoción, apoyó una mano en el brazo de él para consolarlo.

–No lo sientas –Damon le acarició la mejilla y la obligó a mirarlo–. Tienes un corazón tremendamente compasivo, *pedhaki mou*.

Ella dio un respingo como si acabara de abofetearla.

–¿Qué esperabas? ¿Creías que me comportaría como la caprichosa y altiva supermodelo de la que habla la prensa? –preguntó secamente–. ¿La princesa de hielo con su recua de amantes? ¿Por eso has venido, Damon? ¿Supusiste que estaría dispuesta a mantener una relación sexual sin compromiso ni sentimientos?

Ella no podía ocultar el dolor en su tono de voz. Damon se había ganado una fama de play boy con predilección por las rubias jovencitas, y ella no era más que una de las muchas que habían llamado su atención. Pero no cabía duda de que había amado a su esposa. Lo había percibido en su mirada y su voz al pronunciar su nombre.

Era ridículo sentirse traicionada, y eso la ponía furiosa. Y era casi obsceno sentir celos de una joven griega que se había ganado el corazón de Damon y cuya vida había terminado tan pronto.

–Si solo hubiese querido sexo, podría haber elegido entre varias opciones –rugió él con la mandíbula tensa por sus intentos de conservar la calma. No dijo nada más sobre esas opciones que le habrían resultado más sencillas que perseguir a una mujer empeñada en rechazarlo.

Para ser sincero, había pensado que, con un mínimo esfuerzo por su parte, Anna sucumbiría a la innegable atracción que había entre ellos. Era culpable de haberse creído todo el chismorreo que la prensa publicaba sobre ella y sus romances, y era lo bastante sincero como para admitir que, al principio, lo único que deseaba era llevársela a la cama.

Bueno, eso seguía deseándolo. Su deseo por Anna se empezaba a convertir en una obsesión. Nada le gustaría más que desatar su albornoz para descubrir con sus manos y su boca esas curvas.

El instinto le decía que la resistencia de ella sería mínima. Incluso en ese momento, la ira que reflejaban sus azules ojos estaba mezclada con un deseo que ella no podía ocultar. No sería difícil eliminar la distancia entre ellos y atrapar su boca para comenzar un sensual recorrido hasta que ella se le hubiera rendido y respondiera con el mismo deseo que sentía él.

Pero la sombra en la mirada de ella y el ligero temblor del labio inferior le hicieron cambiar de idea. No tenía ninguna duda de que Anna respondería a sus avances físicamente. En sus treinta y ocho años había tenido muchos encuentros sexuales, algunos casuales y otros que habían significado algo más. Su matrimonio había sido apasionado, pero Eleni falleció y en los años que siguieron a su muerte no vio ninguna razón para no concederse los placeres de las mujeres.

Era consciente de poseer tanto la habilidad como la sensibilidad para asegurar el placer sexual de Anna, pero sabía que, mentalmente, ella se cerraría aún más tras el muro que había levantado. Una vocecita interior le animaba a tomar lo que deseaba y al infierno con las consecuencias, pero al ver la vulnerabilidad reflejada en su mirada se dio cuenta, no sin sorpresa, de que no soportaría hacerle daño.

—Parece que no hemos empezado con buen pie —dijo él—. Creo que los dos tenemos ideas preconcebidas sobre el otro. ¿No podríamos hacer borrón y cuenta nueva?

—¿Por qué? —preguntó Anna con desconfianza.

—Porque me intrigas más que cualquier mujer que haya conocido —respondió mientras la miraba a los ojos con una candidez que pretendía reflejar sinceridad—. Y porque eres tan maravillosa, Anna *mou*, que, aunque no esté contigo, llenas todos mis pensamientos.

Anna no sabía cómo responder a eso mientras el corazón le martilleaba salvajemente en el pecho. Él estaba versado en el arte de la seducción, pero sus palabras parecían sinceras. ¿Debería arriesgarse a confiar en él? ¿No era otro de tantos hombres, fascinado por su aspecto, pero sin el menor interés en la verdadera Anna?

—Alguien me dijo una vez que los hombres solo me querrían para una cosa —confesó con una sinceridad que sorprendió a ambos. Ella no sabía por qué le había hecho esa confidencia al recordar las burlas de su padrastro.

«Eres un objeto sexual, Anna, la encarnación de las

fantasías de cualquier hombre. Olvídate de que te respeten, lo único que le interesará de ti a todo hombre que te mire será tu cuerpo».

–¿De verdad crees eso? –preguntó Damon. Ese alguien se había propuesto destrozar su autoestima, y había hecho un buen trabajo–. Tu físico es tan solo una parte de ti, junto con tu inteligencia, ingenio y una evidente compasión hacia los demás –le sujetó el rostro con la mano y la miró a los ojos–. ¿Quién es ese tipo? ¿Quién te hizo tanto daño?

–No importa –dijo Anna mientras intentaba evitar su mirada–. Pertenece al pasado.

–Pero sigue ejerciendo su poder sobre ti. ¿Fue un amante despechado porque terminaste con la relación y que intentó destruir tu confianza? –Damon advirtió el escalofrío que la recorrió y el reflejo de pánico en su mirada–. ¿Te hizo daño… físicamente?

La idea bastaba para que él deseara cometer un asesinato. Le sorprendía la violencia de su propia ira, pero le asqueaba la idea de que alguien le pusiera la mano encima a ella.

–Déjalo, Damon, no tiene importancia –Anna se separó de él al tiempo que se ponía en pie y arrojaba el contenido de la bandeja al suelo–. Maldita sea, mira lo que me has hecho hacer –gritó mientras intentaba recoger el café con una servilleta–. Creo que es hora de que te vayas.

Damon optó por no decir nada más mientras se colgaba la chaqueta de un hombro y la seguía por el pasillo hasta la puerta. Sentía la enorme tensión que la agarrotaba y veía los ojos tan abiertos por el pánico que volvió a sobrecogerle la necesidad de protegerla. Lejos de ser la princesa de hielo descrita por la prensa, parecía al borde del colapso nervioso, tan frágil emocional-

mente que no pudo evitar retirarle un mechón de cabello de la sien.

—No quiero hacerte daño, Anna, lo juro —aseguró en
voz baja.

Las lágrimas de ella le provocaron un nudo en el estómago. Mientras soltaba un juramento, las enjugó con
el pulgar y la besó suavemente en la boca.

Ella se puso rígida, pero no se retiró y él profundizó
un poco más en el beso, mientras su lengua exploraba
tiernamente los contornos de los labios de ella. Anna
seguía sin rechazarlo, pero tampoco respondía.

Lo único en lo que él pensaba era en aliviar la tensión
que la agarrotaba. Había pasado una velada espantosa.
Era normal que estuviese a punto de desmoronarse.

Con mucha delicadeza, le acarició los labios con la
lengua y sintió el escalofrío que la recorrió. Él no esperaba que ella respondiera, pero para su satisfacción,
ella abrió tímidamente la boca para dejarle entrar. A
pesar del triunfalismo que lo embargaba, él fue cauto.
Le tentaba la idea de rodearla con sus brazos, pero se
obligó a mantener como único contacto entre ellos el
de sus bocas y las caricias con la lengua, mientras pro-
fundizaban en un beso que no quería terminar.

Cuando al fin levantó la cabeza, Anna lo miraba
completamente sorprendida e incapaz de articular palabra. Temblaba, pero no de miedo o repulsión, sino
por una desesperante necesidad de que él la apretara
contra su pecho. Ella quería sentirlo, quería deleitarse
con el roce de sus muslos contra los de ella. Quería to-
carlo y que él la tocara, pero él se había apartado,
dando por terminado un beso que había hecho añicos
su convicción de ser incapaz de sentir deseo sexual.

—Me voy fuera del país unos días, y puede que no
esté de vuelta para la carrera, de modo que te deseo

buena suerte –dijo en un tono impersonal mientras abría la puerta.

–Gracias… ya nos veremos –murmuró Anna.

–Puedes contar con ello, *pedhaki mou*.

El brillo de su mirada era toda una promesa que indicaba que lo iniciado solo podría tener un final. En otras circunstancias, ella habría salido de estampida ante la idea, pero en cambio se quedó con una sensación de expectativa.

Ella lo deseaba, admitió mientras le temblaba todo el cuerpo. Pero era algo tan nuevo e inesperado tras tantos años convencida de ser fría y desapasionada. Damon acababa de demostrarle que no era ninguna de las dos cosas, pero le aterraba la idea de eliminar las barreras que con tanto cuidado había levantado.

Esperó hasta que él desapareció por las escaleras y cerró la puerta para volver al salón y recoger, como una autómata, la bandeja. Ya era más de medianoche.

A primera hora del día siguiente tenía prevista una sesión de fotos y otra de entrenamiento. Necesitaba dormir, pero le fue del todo imposible. Damon, y su propia reacción ante el beso, llenaba sus pensamientos. Sin embargo, sus sueños se fueron abajo con las imágenes del amante esposo cuyo corazón pertenecía para siempre a su desaparecida esposa.

La media maratón benéfica alrededor de Hyde Park atrajo numerosos medios de comunicación, sobre todo por los famosos que participaban en ella. Animada por los gritos de la multitud, Anna cruzó la línea de meta en menos de tres horas y se sentía eufórica al ser consciente de haber recaudado una enorme cantidad de dinero para los niños.

El resto del día lo pasó descansando y únicamente se animó a salir para darse un masaje, que les sentó de maravilla a sus doloridos músculos. Por la noche, se dio un largo y caliente baño que fue interrumpido por el timbre de la puerta. Estuvo a punto de no hacer caso, pero quienquiera que fuera no paraba de insistir y al final se envolvió en una enorme toalla y salió del baño.

–Tienes la mala costumbre de sacarme de la bañera –espetó mientras intentaba controlar el pulso que se le había disparado al abrir la puerta y descubrir a Damon apoyado contra el quicio.

–Ojalá fuera así, *pedhaki mou* –murmuró con voz ronca y los ojos brillantes de diversión y otra emoción que se instaló en ellos al recorrer con su mirada el húmedo cuerpo bajo la toalla–. Y desde luego me encantaría adquirir esa costumbre.

Era incorregible, pensó Anna, incapaz de ocultar una sonrisa. No había conocido a nadie como él y, aunque se resistía a admitirlo, le había echado de menos.

–¿Qué quieres, Damon?

–Felicitarte –contestó él–. Hace una hora que he vuelto a Inglaterra y vengo directo del aeropuerto. Me he enterado de tu éxito y estoy encantado de entregarte esto.

Al ver la cifra plasmada en el cheque, los ojos de Anna se abrieron desmesuradamente.

–¿No bromeabas? –preguntó tímidamente.

–¿Acaso dudabas de mí?

No había respuesta posible para esa pregunta, y Anna fue de repente consciente de que él no esperaba quedarse en el descansillo, de modo que abrió la puerta para que pudiera entrar mientras se aferraba a la toalla como si fuera un salvavidas.

Él no hizo ningún comentario sobre la invitación a

cenar y ella pensó que a lo mejor se había olvidado, o ya no estaba interesado...

–La organización se quedará abrumada por tu generosidad –dijo ella con voz ronca mientras contemplaba de nuevo el cheque–. No me lo puedo creer, pero me sorprende que me lo entregues ahora.

–¿Te refieres a antes de obligarte a cumplir tu promesa de cenar conmigo? –dijo él con una expresión divertida–. Esperaba que aceptaras cenar conmigo porque te apetecía y no por ceder a un chantaje.

Era un hombre tremendamente astuto y ella pensó que, por su propio bien, debería echarle de su vida, pero no lo hizo. Lo miró abiertamente, dejando en evidencia la batalla que se libraba en su interior y que se reflejaba en la oscuridad de su mirada azul.

–Lo menos que puedo hacer ante tu tremenda... amabilidad es cenar contigo –respondió ella al fin mientras palidecía ante la mirada inquisitiva de él.

–Me alegra oírlo. Te doy media hora –le dijo alegremente mientras se sentaba en el salón.

–¿Quieres decir que cenemos... esta noche? –ella lo siguió algo contrariada–. ¡Pero si todavía no me he recuperado de la carrera! Estoy demasiado cansada.

–Solo es una cena, *pedhaki mou*, a no ser que estuvieras pensando en algo más físico...

–Lo único que se me ocurre ahora mismo es soltarte una bofetada –dijo ella secamente–. Esta noche me va bien. Al menos así me lo quitaré de encima –tras lo cual salió del salón mientras escuchaba la risa burlona de él.

Capítulo 6

MIENTRAS se esforzaba por ocultar su nerviosismo, Anna eligió un vestido azul medianoche. La sencillez del diseño producía una impresión de sofisticación, sobre todo complementado con unas pocas y discretas joyas: pendientes de zafiros y diamantes y una pulsera a juego.

Con el pelo recogido en un moño y unos tacones de vértigo parecía una mujer segura de sí misma, salvo por el ligero temblor de sus manos, que esperaba que nadie notase mientras seguía a Damon por el vestíbulo de su hotel.

—¿Dónde vamos? —preguntó contrariada cuando él la invitó a entrar en el ascensor—. Yo pensaba que el comedor estaría en la planta baja.

—Y lo está, pero no cenaremos allí —contestó él con una sonrisa.

Anna lo observaba con desconfianza. Ya había dejado claro lo que pensaba cuando él le propuso cenar en su hotel y no en un restaurante. ¿Qué pretendía?

—Necesito darme una ducha y cambiarme, y luego había pensado cenar tranquilamente en mi suite —explicó alegremente mientras la guiaba hasta su enorme y lujosa habitación.

Anna se fijó en el elegante mobiliario y la mesa puesta para dos. En un extremo de la habitación había una puerta que, supuso, conducía al dormitorio de Damon. La idea la hizo pararse en seco.

–¿Algún problema? –Damon la miró y su sonrisa se esfumó al ver su expresión.

–Muchos, sobre todo que me has engañado.

–¿A qué te refieres? –preguntó él–. Aceptaste libremente cenar conmigo.

–Supuse que pasaríamos la velada en algún concurrido restaurante, no en tu habitación.

–Se trata de la suite del ático, no del armario escobero. ¿Qué problema hay, Anna? –preguntó mientras entornaba los ojos–. ¿Piensas que te he traído aquí para seducirte?

–¿No es así?

Él se quedó en silencio tanto tiempo que ella levantó la vista para mirarlo. Ya era demasiado tarde cuando se dio cuenta, por la rigidez de su mandíbula, de que estaba furioso, y Anna fue consciente de que le había insultado imperdonablemente.

–Damon, yo… –ella extendió las manos en un gesto desesperado de disculpa.

–¿Por qué no vuelves abajo y me esperas en el vestíbulo? –sugirió en un tono tan cortante que dejaba claro que no le importaba nada si ella se marchaba en el primer autobús a su casa–. Me reuniré contigo en veinte minutos y tomaremos una copa mientras decides si estás dispuesta a sentarte junto a mí en un restaurante público –luego se dirigió al dormitorio, pero a medio camino se paró–. ¿De qué tienes tanto miedo, Anna?

No había una respuesta sencilla a esa pregunta y ella negó con la cabeza. ¿Cómo explicarle el daño producido por su padrastro y las vacaciones escolares dedicadas a huir de un hombre que se divertía torturándola con repulsivas sugerencias de lo que le gustaría hacer con ella?

Ella se había marchado de casa antes de que Phil

pudiera poner en práctica los abusos con los que la amenazaba. Pero, como buena adolescente impresionable, su imaginación había resultado ser su peor enemigo y durante años había sufrido pesadillas.

–¿Tienes miedo de mí? –su voz era tan ronca que ella pensó que le había herido.

Damon no tenía nada que ver con su padrastro, reconoció. Tenía fama de play boy, pero ella intuía que jamás le haría daño físicamente.

–No –respondió en voz baja.

Él no dijo nada más, pero pareció relajarse. Entró en su dormitorio y cerró la puerta.

Anna pasó los siguientes minutos en un mar de dudas. ¿Debería esperarle abajo? ¿Debería quedarse allí hasta que saliera del dormitorio y pedirle perdón? Ella había sido muy grosera. Acababa de donar una cifra astronómica para los niños y ella le había tratado como a Jack el destripador.

Una llamada a la puerta decidió por ella.

–Vengo a retirar la mesa. El señor Kouvaris telefoneó –explicó el botones.

–Espere. En realidad ha habido otro cambio de planes y al final nos gustaría cenar aquí –dijo Anna–. ¿Sería posible?

–Todo es posible para el señor Kouvaris –contestó–. ¿El pedido sigue siendo el mismo?

–Sí, gracias –ella no sabía cuáles eran los platos elegidos por Damon y, para ser sincera, no le importaba. Tan solo rezaba por haber hecho lo correcto y que no le provocara otro enfado a él.

Los diez minutos que siguieron los dedicó a pasear por la habitación con los nervios a flor de piel. Un camarero apareció y ella le contempló colocar los cubiertos y descorchar el vino. El crujido de la puerta hizo que se girara en redondo, con una mezcla de miedo y coraje, al ver aparecer a Damon.

–¿Desea que sirva el vino? –la mirada del camarero estaba fija en Damon y ella contuvo la respiración.

–Al final pensé que sería agradable cenar aquí –dijo ella mientras se sonrojaba.

–Está bien –murmuró él mientras asentía al camarero para que llenara las copas.

Luego se acercó a ella, alto, moreno y escandalosamente atractivo en su maravilloso traje negro con la camisa a juego. Su pelo seguía húmedo y emanaba un ardiente magnetismo sexual.

–¿Por qué has cambiado de idea?

Ella negó con la cabeza, incapaz de describirle la batalla que se libraba en su interior.

–Pensaba que era un privilegio femenino –susurró ella al fin.

Él la estudió con una expresión indescifrable hasta que al fin asintió y sonrió.

–Por supuesto que lo es, *pedhaki mou*. No sé tú, pero yo me muero de hambre. Comamos.

Enseguida quedó patente que Damon no era un hombre rencoroso. Tenía derecho a estar molesto con ella, reconoció Anna, pero en cuanto se sentaron a la mesa, pareció decidido a hacer que ella se sintiera cómoda.

La cena fue exquisita. A pesar de que ella ya había cenado más de lo debido, él la tentó con el postre: tarta de queso con frambuesas y salsa de frutos del bosque.

La conversación fue deliberadamente superficial. Hablaron sobre la última película de un director que ambos admiraban y descubrieron que tenían el mismo gusto para los autores modernos. Hacía mucho que

ella no se sentía tan a gusto durante una cita, pensó
Anna mientras se terminaba el vino y rechazaba otra
copa más.

Casi nunca bebía alcohol, y la copa de Chablis la
había dejado adormilada. No era una sensación desagradable, pero tenía miedo de perder el control, sobre
todo con Damon tan cerca. No era que desconfiara de
él, desconfiaba de sí misma.

–¿Seguro que no puedo tentarte con otra porción de
tarta de queso?

–¡Desde luego que no! –él podría tentarla con cosas
con las que ni siquiera habría soñado en otros hombres, pero vivía de su buena figura y tenía una voluntad de hierro–. Tendría que correr otros veintiún kilómetros mañana.

Él sirvió el café mientras ella contemplaba las vistas de Marble Arch y Hyde Park. El parque estaba en-
vuelto en sombras, pero las calles circundantes bullían
de coches con sus faros brillantes en la oscuridad. Estaba en su casa y Anna suspiró de placer.

–¿Te gusta vivir en Londres?

Ella se giró para ver a Damon de pie junto a ella, y
sus sentidos se dispararon cuando él le colocó una
mano en la espalda. Para su sorpresa, descubrió que
deseaba que él le rodeara la cintura con el brazo y que
la atrajera hacia sí.

–Me encanta –respondió–. Incluso en los malos
tiempos, mientras luchaba por sobrevivir, nunca se me
ocurrió marcharme. Es una ciudad maravillosa y estoy
orgullosa de que sea mi hogar.

–¿Dónde pasaste tu infancia? –preguntó él.

–Cuando mis padres estaban juntos, vivíamos en
una casa en Notting Hill –explicó ella–. Fueron tiempos muy felices. Pensaba que mi padre era la persona

más lista y divertida del mundo, y muy atractivo. Desgraciadamente, yo no era la única mujer en pensarlo –añadió amargamente–. Tras el divorcio, mi madre no podía hacer frente a la hipoteca y vendió la casa. Nos mudamos a un piso y Lars se mudó unas calles más abajo con su nueva esposa y sus hijos.

–Al menos verías a tu padre a menudo.

–El acuerdo de divorcio estipulaba que una vez al mes, pero Marion, la segunda esposa de mi padre, no me quería en su casa –dijo ella–. Decía que alteraba a sus dos hijas, pero en realidad la que se alteraba era ella. No soportaba que yo ocupara un lugar en la vida de mi padre. La relación padrastros-hijastros es un campo minado de resentimientos y celos. Si de algo estoy segura es de que nunca me liaré con un hombre que tenga una carga.

–¿Una carga?

–Hijos –aclaró cuando Damon frunció el ceño–. Mi madrastra hizo todo lo posible para destruir mi relación con mi padre, aunque al final fue él quien decidió cortar todos los lazos. No quiero encontrarme en una situación en la que alguien que me importe tenga que elegir entre mí y cualquier hijo que tenga de otra relación anterior.

–Hay muchas parejas en esa situación y que funcionan –protestó Damon–. Porque tu experiencia no fuera buena, no quiere decir que no pueda funcionar si todos ponen algo de su parte.

–Puede –admitió Anna–. Pero también puede ser un caldo de cultivo para la desdicha y el dolor. Lo siento, pero, como ya habrás notado, tengo las ideas muy claras al respecto –murmuró mientras Damon la observaba, tenso y con el rostro endurecido.

–Es evidente que tu infancia te ha dejado muchas

cicatrices, algo lógico al perder a tu padre y tu casa a una edad tan delicada –dijo él–. ¿Y con tu madre qué? ¿Fuiste feliz viviendo con ella?

–Estábamos arruinadas –dijo Anna con una risa amarga–. Antes de su boda, mi madre era un músico de talento con una prometedora carrera, pero renunció a todo para apoyar a mi padre en varios desafortunados negocios –añadió–. Cuando nos abandonó, ella no pudo soportarlo. Tuvo una especie de colapso nervioso y entonces fue cuando me enviaron al internado. Afortunadamente, mi abuela había dispuesto un fondo para mis estudios. Me encantaron los años en Braebourne Ladies College. Allí me sentía a salvo.

Damon frunció el ceño ante esa última frase. ¿En algún momento de su infancia no se había sentido segura? ¿De qué había tenido miedo? ¿Sería de su padre? Por su modo de hablar de él, parecía que adoraba a Lars Christiansen y que su abandono la había destrozado.

No era de extrañar que desconfiara. El rechazo sufrido por su padre, a favor de su nueva esposa e hijas, había sembrado en ella la idea de que todos los hombres la abandonarían.

Él quería tomarla en sus brazos y abrazarla fuerte. Quería asegurarle que nunca le haría daño conscientemente.

La idea le contrarió. ¿En qué estaba pensando? Su intención al viajar a Inglaterra y buscarla había sido la de meterla en su cama y mantenerla allí hasta saciar su apetito. ¿Por qué aspiraba a ganarse su confianza cuando había aspectos de su vida que él le había ocultado a propósito?

Tampoco era que hubiera planeado engañarla, pensó mientras se sentaba en el sofá y probaba el café. Pero desde la muerte de Eleni había decidido mantener su vida privada al margen de su vida familiar. Su vida estaba claramente compartimentada y le gustaba así.

Ni siquiera sabía por qué le había hablado a Anna de su matrimonio. A lo mejor era para demostrarle que su fama no era del todo cierta. Pero no había funcionado. No estaba más cerca de ganarse su confianza y, para ser sinceros, no se la merecía, porque sus motivos iniciales habían sido únicamente la lujuria.

Con un suspiro, se recostó en el sofá y sintió cómo ella se ponía tensa. Sentía sus pequeñas miradas furtivas cuando ella creía que él no miraba. El deseo aguijoneaba a Damon de tal manera que su cuerpo estaba rígido e intentó controlar el impulso de fundir esos tiernos labios con los suyos.

La huida ya no parecía una opción. Él nunca se había sentido así antes. Era una sensación nueva y aterradora. Jamás había sentido miedo en su vida, pero, al recordar su firme convicción de que nunca se relacionaría con un hombre con «carga», se le encogió el estómago.

Anna terminó el café y se movió nerviosa en el sofá. Damon parecía perdido en sus pensamientos y, por el silencio que había, supuso que no eran muy alegres. Se sintió aliviada cuando él encendió el televisor. Al menos se concentraría en las noticias de la noche y no en el calor que emanaba de su muslo apoyado contra el de ella.

La parte final de las noticias se dedicó a la maratón benéfica y las obras para las que ella había recaudado fondos. Ella prestó más atención y le dio un vuelco el corazón al saber que el centro infantil iba a abrir antes de lo previsto gracias a la enorme cantidad de dinero recaudada en la carrera. Después salieron imágenes del evento y ella torció el gesto al verse en la pantalla.

—Cielos, no me había dado cuenta de que mis pantalones cortos fueran tan… cortos –gruñó mientras se sonrojaba–. Con más de mil corredores, y el cámara no parece tener otro objetivo que mi trasero.

–Yo le comprendo –Damon pareció haberse relajado y sonreía fascinado–. A fin de cuentas es humano, y ese trasero es especialmente encantador, Anna *mou*.

Ella se giró hacia él ante sus palabras con una mezcla de indignación y ganas de reír. Era el adulador más descarado que había conocido jamás.

La tensión entre ellos había vuelto, pero en esa ocasión adornada con una carga sexual que ella no podía ni ignorar ni negar. Cuando él le acarició la mejilla con un dedo, se quedó sin aliento.

–Exquisito –susurró él mientras bajaba la cabeza y su boca buscaba la de ella en una dulce y evocadora caricia.

Cuando él levantó la cabeza y la miró a los ojos, ella sintió el inminente peligro. Era precisamente lo que había querido evitar, y el motivo por el que había querido cenar en un restaurante y no en la suite privada de Damon. Su experiencia con su padrastro le había enseñado a evitar situaciones de riesgo, pero aunque estaba a solas con Damon, no era el miedo lo que le hacía temblar.

Ella no le quitaba ojo mientras él deslizaba una mano por su nuca para deshacerle el moño. Sus cabellos cayeron en una cascada de seda dorada sobre los hombros. Lejos de asustarla, el ardiente deseo de la mirada de él la llenó de salvaje excitación y cuando él volvió a bajar la cabeza, ella lo recibió con los labios entreabiertos para permitir la entrada de su lengua.

Era suave y sensual, pero no bastaba. Por primera vez en su vida, ella quería más y se apretó contra él mientras le rodeaba el cuello con los brazos, desesperada por que él profundizara el beso.

Damon dudó un instante, temeroso de ir demasiado deprisa, pero el contacto de la lengua de ella contra sus labios hizo añicos lo que le quedaba de control y aumentó la presión de su boca contra la de ella hasta un punto claramente erótico. Ella se acercó más y posó una mano sobre el corazón que latía en su dolorido pecho.

Era imposible que ella no se diera cuenta del efecto que le producía, pensó él, sobre todo porque su erección era una fuerza palpitante y explosiva que empujaba contra la cadera de ella. Quería controlarse, pero ella había despertado esa reacción durante los dos últimos meses, había invadido sus sueños de tal manera que se despertaba duro y ardiendo, y endemoniadamente frustrado. Nadie le recriminaría si agarraba el paraíso que ella le ofrecía en esos momentos.

Anna no ofreció ninguna resistencia cuando Damon la rodeó con sus brazos y la apretó contra su pecho. Ella tuvo que reconocer que el deseo era una fuerza poderosa. Se sentía desbordada por los sentimientos que la invadían. Después de tantos años de mantener un rígido control sobre sus emociones, era un alivio descubrir que era una mujer normal, con deseo sexual.

Cuando las manos de él acariciaron su costado y envolvieron, suavemente, su pecho, ella cerró los ojos y solo fue consciente del contacto de sus bocas. La caricia del pulgar de él sobre su pezón le produjo una sensación nueva y exquisita que le hizo desear que él la desnudara. Quería sentirle, piel contra piel, quería que su boca siguiera el camino de sus manos y, con un leve gruñido de frustración, sujetó el rostro de él con sus manos y lo besó con la pasión reprimida durante tanto tiempo.

Ella sintió que había nacido para eso cuando él empezó a soltar el tirante del vestido hasta dejar al descubierto su pequeño y suave pecho. No sintió temor ni repulsión, para su sorpresa, solo un dolor en su interior. La sensación de su mano contra su piel desnuda le provocó un escalofrío en todo el cuerpo y contuvo la respiración cuando él acarició suavemente el rosado pezón hasta que se endureció por completo.

Mientras contemplaba su cabeza inclinada sobre su pecho, ella se preguntaba cuál sería su reacción si le contara que era la primera vez que permitía que un hombre la tocara así. Sin duda se escandalizaría y seguramente no lo creería. Él daba por hecho que los rumores de la prensa sobre su vida amorosa eran ciertos y la suponía sexualmente experimentada.

Solo ella sabía que no podía estar más lejos de la realidad.

El aliento de Damon quemaba sobre su piel y ella tembló cuando él la acarició con los labios desde el cuello hasta el pecho. Con infinita dulzura pasó la lengua por la areola en movimientos circulares que se acercaban cada vez más al sensible pezón.

–No tienes ni idea de cuánto he soñado con hacer esto –murmuró él antes de cerrar la boca alrededor del pezón.

La sensación era tan intensa que pareció partirla en dos, y ella arqueó la espalda y se aferró a él mientras sus palabras penetraban lentamente a través del velo de sensualidad que la envolvía.

–Quiero hacerte el amor, mi dulce Annie.

–¡No! –ella reaccionó instantánea y violentamente–. No me vuelvas a llamar así.

«No sabes las fantasías que tengo contigo, Annie. ¿Te cuento lo que me gustaría hacerte?».

Ella se puso en pie y se colocó el tirante del vestido con tanta fuerza que sus uñas le dejaron marcas en la piel. La voz de su padrastro había resonado en su cabeza y, por un instante, no era Damon el que estaba en el sofá sino Philip Stone, quien se reía de ella mientras ella intentaba ignorar sus avances y continuaba con sus tareas escolares.

–Me llamo Anna, ¿me oyes?

–Alto y claro, pero no tengo ni idea de qué sucede – gruñó Damon sin ocultar su aturdimiento y frustración–. ¿Qué te pasa? *Theos*, hace un minuto estabas en mis brazos, cálida y dispuesta y de repente sacas las uñas como un gato salvaje –dijo al ver las marcas en su hombro–. Cuéntame, Anna –suplicó–. ¿Qué he hecho mal? Si te he ofendido…

–No. No has hecho nada mal. Soy yo –ella negó con la cabeza mientras la sensación de angustia la abandonaba lentamente–. Esto no se me da bien –murmuró mientras señalaba el sofá donde minutos antes ella había respondido a sus besos con tanto ardor.

–A mí no me pareció que lo hicieras nada mal –dijo él amargamente–. Me deseabas, Anna. No solo era yo –se acercó a ella, pero ella se separó–. Algo te ha asustado, pero no puedo ayudarte si no confías en mí, *pedhaki mou*.

–¡No necesito ayuda! –aulló ella mientras reconocía que él, seguramente, tenía razón. Debía de pensar que estaba loca. Y a lo mejor lo estaba. Su reacción no había sido normal y aun así, durante unos momentos, ella se había deleitado en el placer que él había suscitado en ella.

El estridente sonido de un móvil rompió el frágil silencio, pero él no hizo ademán de contestar.

–¿No deberías contestar?

–Puede esperar. Esto es más importante. Tú y yo – dijo con una decisión que despertó el pánico en ella.

–No existe ningún tú y yo. ¿No lo entiendes, Damon? No te deseo –el teléfono había dejado de sonar y la voz sonó dolorosamente estridente.

–Ese no era el mensaje que enviaba tu cuerpo.

–Pues está sobrevalorado. No estoy en el mercado del sexo ocasional.

–Eso no es lo que he oído –la mandíbula de Damon estaba rígida e intentaba controlar su ira.

El teléfono volvió a sonar y ella aprovechó para ponerse la chaqueta apresuradamente.

–Tengo que irme –murmuró.

–Anna, perdóname… eso ha estado fuera de lugar.

–Olvídalo –le espetó ella mientras se daba la vuelta–. Y por favor, contesta esa llamada.

–Tenemos que hablar, Anna –dijo mientras se disponía a colgar la llamada, pero al ver de quién era, dudó–. Lo siento, tengo que contestar.

–Quisiera ir al baño –balbuceó ella.

–Por ahí –él señaló la puerta que había al final del salón.

La puerta daba al dormitorio y ella siguió hasta el baño interior, llenó el lavabo de agua fría y se la echó por el rostro. Por Dios, ¿qué le estaba pasando? Se miró al espejo en busca de respuestas, pero el rostro que la miraba estaba destrozado y los ojos llenos de sombras.

¿Qué pensaría Damon de ella? Cerró los ojos como si pudiera así dejar fuera sus pensamientos. No quería pensar. Solo quería volver al protector nido de su piso y esconderse.

Se inclinó hacia el espejo y respiró hondo varias veces en un intento de recomponerse antes de volver a atravesar el dormitorio de Damon. La puerta estaba entornada y ella oía su profunda voz. Hablaba en griego y ella se preguntó quién estaría tan ansioso por hablar con él.

Por su gesto, ella dedujo que se trataba de alguien muy cercano. Su voz era dulce e íntima y su cuerpo estaba relajado, a diferencia de la tensión mostrada minutos antes.

¿Tenía una amante en Grecia? Sin duda sería una belleza de ojos oscuros y bonitas curvas que le ofrecía sexo sin complicaciones y que no estaría obsesionada por sus fantasmas.

Con lágrimas en los ojos, ella contempló la enorme cama que dominaba la habitación. Si las cosas hubieran sido diferentes, si ella hubiese sido diferente, ¿le habría hecho Damon el amor en esa cama? ¿Le habría quitado el vestido, tumbado sobre las sábanas y continuado la devastadora exploración de cada curva y punto sensible?

Ella deseaba ser la mujer que él quería que fuese. La fría y segura Anneliese Christiansen, el arquetipo de la moda y experimentada seductora que igualaría cada una de sus caricias y le volvería loco de deseo. Deseaba ser una mujer fascinadora, pero su padrastro había dañado irreparablemente su autoestima y, con ella, sus posibilidades de mantener una relación amorosa.

Mientras tragaba con dificultad, volvió a mirar por la puerta. Damon estaría a punto de terminar su conversación y tenía derecho a exigir una explicación por su comportamiento. La idea era insoportable y ella se dirigió hacia otra puerta que, esperaba, comunicaría con el pasillo del hotel.

Minutos después, salía del ascensor para dirigirse a la recepción y pedir un taxi. No había motivo para prolongar la agonía y, desde luego, ya no podría soñar con mantener una relación con él después de haber demostrado que era incapaz de responder como una mujer normal.

Mientras salía del hotel a la carrera, temió que Damon la siguiera de cerca. Solo se relajó cuando el taxi arrancó. No sabía que él había llegado al vestíbulo unos segundos tarde, sin poder hacer nada salvo ver cómo se marchaba.

Capítulo 7

POR QUÉ tienes que irte a Nueva York, papá?
Damon levantó la vista del informe en el que, en
vano, intentaba concentrarse y miró a su hija.

Ianthe estaba sentada al otro lado de la mesa y había cubierto los documentos de Damon con sus cua-
dernos y una colección de caballitos de plástico.

–Por negocios, nada interesante –lo que no explicaba el nudo que tenía en el estómago.

La niña había hecho un dibujo y estaba ocupada co-
loreándolo.

–¿Cuánto tiempo estarás fuera?

–Una semana, como mucho diez días. La tía Tina te
cuidará como de costumbre –Damon sonrió al ver
cómo ella se esforzaba por colorear el caballo sin salirse de las líneas.

–¿Volverás para mi cumpleaños?

–¿Cómo me iba a perder el acontecimiento más importante del año?

Ella lo miró y sonrió, convencida de que él estaría
allí ese día.

–No olvides que cumplo nueve años.

–No lo he olvidado, *agapetikos* –aunque le costaba
creerlo. El nacimiento de su hija se le quedaría grabado de por vida. Nunca olvidaría la sensación al sujetarla por primera vez en sus brazos mientras contemplaba su diminuto rostro.

Eleni también se había mostrado exultante ante el nacimiento de su primera hija, ignorante de que sería su única hija. Nada hacía presagiar la tragedia que acontecería diez meses después.

Durante los días que siguieron a la muerte de Eleni, Ianthe había sido el único motivo para que él se levantara de la cama cada mañana, y ahí estaba, con sus ojos marrones y sus tirabuzones aterciopelados, nueve felices años después, a pesar de la muerte de su madre.

Su hija era la persona más importante de su vida. Ianthe no recordaba a su madre, pero era una niña segura y equilibrada gracias, sin duda, a la ayuda de su hermana, Catalina, que había proporcionado a su sobrina una figura materna y que, a pesar de su matrimonio y sus tres hijos, trataba a Ianthe como si fuera su hija.

–¿Vienes a nadar conmigo o estás demasiado ocupado? –preguntó Ianthe tras terminar su dibujo.

–Nunca estoy demasiado ocupado para ti, Ianthe *mou* –solo tenía nueve años, pero ya manejaba a su antojo a su padre, pensó Damon mientras apagaba el ordenador–. El último en llegar al agua tendrá que nadar diez largos.

Ianthe salió a toda prisa de la habitación mientras reía. Su risa era habitual y alegraba el corazón de Damon. Una vez más se alegró de que su infancia no se hubiera complicado por la incesante procesión de distintas «tías».

Su vida amorosa estaba claramente separada de su familia para evitar que Ianthe se encariñara con alguna de sus citas y sufriera cuando la relación hubiera terminado. Jamás sintió la necesidad de buscarle una madre y evitaba cuidadosamente hablarles a sus amantes de su hija.

Puede que fuera cinismo, pero había aprendido que si confesaba su situación de padre soltero, la mayoría de las mujeres pensaban que buscaba otra esposa, nada más lejos de la realidad.

Las cosas funcionaban bien así y él no veía motivo para cambiarlas, pensó mientras se dirigía a la piscina. Tras la desastrosa cena con Anna, había vuelto a Grecia decidido a olvidarla. Pero a su pesar, era incapaz de borrarla de sus pensamientos. Ella le intrigaba más que cualquier mujer que hubiese conocido y, a pesar de que ella lo había rechazado, sentía el mismo deseo por ella.

El viaje de negocios a Nueva York llegaba en el momento justo. Él seguía ansioso por descubrir si la química entre ellos podría desembocar en una relación, pero dudaba si sería preciso confesarle la existencia de su hija.

No era que estuviera pensando en una relación prolongada con Anna. La quería en su cama, nada más. Solo buscaba unos agradables encuentros sexuales siempre que sus respectivas agendas les hicieran coincidir. Pero no podía olvidar la angustia de su mirada la última vez que la vio.

Ella estaba pálida y tensa con sus ojos azules inexplicablemente aterrorizados a pesar de que instantes antes le había correspondido con tal pasión que había alimentado su apetito por ella. ¿Por qué se había marchado así? ¿Siempre reaccionaba así con sus citas, o era por él?

Él ni siquiera sabía lo que quería. Ella le había confundido tanto que era incapaz de razonar. Mientras soltaba un juramento, se zambulló en la piscina junto a Ianthe.

–¡Te gané! –gritó ella alegremente–. Pero no pasa nada, papá, tendrás que esforzarte más la próxima vez.

Sabio consejo en boca de una cría, pensó Damon, y muy indicado en el caso de Anna.

Londres era su ciudad preferida, pero Nueva York la seguía de cerca, pensó Anna mientras miraba por la ventana del hotel y se zambullía en el estruendo de Times Square. Ella era una chica de ciudad y adoraba el frenético ritmo de un lugar que nunca dormía.

Desde su llegada, una semana antes, había estado ocupada con sesiones de fotos y actos publicitarios para conmemorar el veinticinco aniversario de la marca de cosméticos que ella representaba y el colofón había sido la fiesta de la noche anterior. Había vuelto al hotel de madrugada, dormido hasta tarde y disfrutado de una tarde de compras en la Quinta avenida.

No le hacía falta otro par de zapatos, pero las compras la distraían de cierto carismático griego que invadía sus pensamientos con inquietante regularidad.

Ella intentaba en vano borrar de su mente el atractivo rostro de Damon. Habían pasado dos semanas desde la desastrosa velada en su hotel de Londres. Dos semanas, tres días y dieciocho horas. No había vuelto a saber de él en ese tiempo, ni esperaba hacerlo. Desde su estallido de histeria cuando él intentó hacerle el amor, y tras su vergonzosa huida, sin duda se le habría acabado la paciencia con ella.

Ella intentaba convencerse a sí misma de que no le importaba. Por mucho que fuera un maravilloso semidiós griego. Pero no pensó que fuera a echarle tanto de menos.

Estaba decidida a no llorar por él, pero su rostro estaba empapado antes de entrar en la ducha.

Dos horas después, mientras se disponía a saltar a la pasarela, su imagen de gélida elegancia no reflejaba la tormenta desatada en su interior. Se trataba de un pase de moda benéfico, patrocinado por algunos de los principales diseñadores de moda del mundo y con la asistencia de la alta sociedad de Nueva York.

–No queda ni un asiento libre ahí fuera –susurró una de las modelos más jóvenes–. ¿No estás nerviosa? Yo estoy enferma.

–No olvides mirar al frente, no al público –le aconsejó Anna con una sonrisa. Gina no tendría más de dieciséis años, era su primer pase y estaba desbordada por el evento–. Nos toca. Vamos.

Sin señales visibles de nerviosismo, Anna cuadró los hombros y salió a la pasarela. Como de costumbre, los focos la cegaron momentáneamente, pero después de ocho años como modelo, sabía cómo deslumbrar con el increíble traje de noche que llevaba puesto. Cuatro pasos más, una pausa, un giro... era algo familiar para ella, pero más tarde se preguntaría por qué no siguió su propio consejo y, en cambio, miró al público.

La formidable envergadura de sus hombros y el orgulloso perfil eran inconfundibles y, durante un segundo en que le dio un vuelco el estómago, perdió el paso y tropezó. Solo consiguió recobrar la compostura al pensar en la humillación de caer en el regazo de Damon.

Mientras respiraba hondo, desvió la mirada de su rostro y se giró para volver atrás. ¿Qué hacía allí? Tenía que ser una coincidencia. Era imposible que la hubiese buscado después de su violento rechazo la última vez que estuvieron juntos.

A partir de ese momento, la noche se convirtió en una prueba para sus nervios y únicamente su profesionalidad, junto con una férrea determinación, permitió que terminara su trabajo.

Evitó volver a mirar a Damon, aunque cada vez que llegaba al final de la pasarela se le aceleraba el corazón. Pero, al final del pase, cuando salió con el resto de las modelos, no pudo evitar mirarlo y el dolor se intensificó. Era un play boy y un donjuán, igual que su padre, y ella no entendía por qué se empeñaba en soñar con que era su alma gemela.

–Me vendría bien una copa –dijo una de las modelos al terminar el evento–. ¿Te quedarás a la fiesta, Anna?

«No si puedo evitarlo», pensó Anna amargamente. Pero su presencia era esperada y, una vez más, su profesionalidad le permitió esbozar una sonrisa y unirse al resto de los invitados.

En cuanto entró en el salón, vio a Damon. Había muchos hombres, y todos muy altos, pero él destacaba sobre todos los demás. La riqueza y el poder eran grandes afrodisíacos y, mezclados con su mortífero magnetismo sexual, hacía que todas las mujeres presentes estuvieran pendientes de él.

La mujer que se hallaba a su lado parecía empeñada en demostrar que él era de su propiedad. Tenía una mano apoyada en su brazo y la cabeza ladeada, casi recostada en su hombro. Anna rezó para no tener que mostrarse jamás tan desesperada, al tiempo que luchaba contra los celos que la invadían. Luisa Mendoza era conocida entre las modelos por ser una devorahombres. Tenía la piel dorada y una mata de sedosos rizos negros. Era preciosa, una exótica seductora que, obviamente, no había tardado en posar sus garras sobre Damon.

Anna se dijo que no le importaba con quién saliera él. Pero la visión de Luisa que le rozaba descaradamente con todo su cuerpo hizo que se sintiera enferma. En ese momento, Damon levantó la vista. Al posarse en ella su mirada, Anna enrojeció por haber sido descubierta mirándolo fijamente. Él la miró a los ojos durante unos segundos, asintió con la cabeza a modo de saludo y volvió a centrar su atención en su acompañante.

No había modo más claro de dejar patente su falta de interés por ella y, para su horror, Anna sintió las lágrimas que afloraban. No iba a desmoronarse en público. Quería volver al hotel, pero su trabajo la obligaba a charlar con los invitados.

Las dos horas que siguieron parecieron eternas, pero al menos consiguió evitar a Damon, y sintió un gran alivio cuando al fin se encontró camino de la salida del hotel. Casi había llegado a la puerta cuando una voz la detuvo.

–¿Te escabulles, Anna? Pareces tener la costumbre de escaparte de los hoteles.

–¡Yo no me escabullo!

Ella se giró, temblando de ira y excitación, mientras Damon se acercaba. Estaba guapísimo con su traje color grafito y su camisa gris. Anna parecía tener los pies clavados al suelo mientras él se acercaba tanto que se veían las chispas que saltaban entre ellos.

–Ya he terminado mi trabajo aquí. No hay motivo para que me quede –dijo mientras lo miraba fijamente–. ¿Qué haces aquí, Damon? ¿Te interesa la moda?

–En absoluto –contestó–. Pero ya sabes por qué estoy aquí, Anna *mou* –el brillo de su mirada la advirtió de que tras su fachada de urbanita, su fuerte carácter era como la lava de un volcán listo para la erupción–. ¿Por qué huiste de mí en Londres?

–¡No me digas que has cruzado el Atlántico para preguntármelo! ¿Por qué ahora, después de dos semanas sin dar señales de vida?

–Volví a Grecia con la intención de olvidarme de ti –admitió él.

–Pues por la forma en que sobabas a Luisa Mendoza esta noche, parece que lo has logrado.

–Sin ánimo de ofender a la señorita Mendoza, era

ella la que me sobaba a mí. No me interesa ni ella ni ninguna otra mujer. He sido incapaz de olvidarte, Anna, y sospecho que lo mismo te ha ocurrido a ti conmigo.

—¿Nadie te ha dicho nunca que los engreídos no resultáis atractivos? —dijo sarcásticamente mientras intentaba ocultar el efecto de sus palabras sobre ella—. ¿Qué te hace pensar que me he pasado las dos últimas semanas penando por ti?

—Esto —dijo, y sin más depositó sobre su boca un beso devastadoramente posesivo que la tendría que haber espantado, pero que en cambio consiguió derribar sus frágiles defensas hasta que no pudo hacer nada salvo dejar que él continuara con el asalto a sus sentidos.

Su lengua se abrió camino entre los labios de ella mientras, con una mano, sujetó su nuca para obligarla a ladear la cabeza y así poder acariciarla de manera descaradamente erótica. Con la otra mano, recorrió su cuerpo, desde la cintura hasta su trasero.

Anna dio un respingo cuando él la atrajo hacia sí. La inconfundible erección que presionaba contra su estómago era algo nuevo y excitante. Era la primera vez que ella era consciente del poder de su feminidad. No había duda alguna de que Damon la deseaba con un ansia que debía haberla aterrado, pero que, en cambio, le hizo sentirse en la gloria.

Parte de ella no quería que ese beso terminara jamás, pero cuando él la miró con aire triunfal, la realidad irrumpió con furia.

—¿Cómo te atreves? —gritó mientras se sonrojaba al darse cuenta de que habían atraído la mirada de numerosos curiosos—. Quítame las manos de encima ahora mismo o llamaré a seguridad.

—Será mejor ahorrarnos tan bochornosa escena —dijo él sin alterarse—. Tengo el coche en la puerta.

–Entonces te aconsejo que te metas en él. Yo tengo mi propio chófer, gracias.

–Ya no. Le dije que no necesitarías sus servicios esta noche.

–¡Te has pasado!

Damon se dirigía hacia la puerta y Anna lo siguió todo lo deprisa que le permitían sus altísimos tacones de aguja.

–No hace falta que corras. Te prometo que no me iré sin ti, *pedhaki mou* –se burló cuando ella tropezó en las escaleras. Antes de que ella pudiera contestar, él la rodeó con un brazo y la guio hasta su limusina.

–Esto es ridículo. No puedes secuestrarme sin más. Te exijo que me lleves directamente a mi hotel –dijo en voz lo bastante alta como para alertar al chófer. El coche arrancó y ella se sentó lo más lejos posible de Damon.

–Relájate –dijo él–. Allí es adonde vamos.

–Pero si no sabes dónde me alojo.

Su sonrisa dejó claro que había hecho averiguaciones sobre dónde se alojaba ella.

–No puedo creer que hayas venido hasta aquí solo para martirizarme –susurró, incapaz de ocultar un ligero temblor.

–Siento desilusionarte, pero tenía varias importantes reuniones de negocios en Nueva York. Cuando Kezia comentó que estabas aquí, me pareció una buena oportunidad para verte y averiguar la respuesta a algunas preguntas, aunque la más importante ya la has contestado –añadió con una sonrisa de satisfacción mientras miraba sus labios.

Una vez más, Anna fue consciente de la química que había entre ellos. Era una atracción sexual animal y primitiva, admitió mientras se le endurecían los pezones y presionaban contra la suave seda de su vestido. Su temor no era por lo que Damon podría hacer, sino por lo que ella deseaba que le hiciera, y suspiró aliviada cuando el coche paró en la puerta de su hotel.

–Siento interrumpir tan fascinante conversación, pero ha sido un día muy largo –dijo ella fríamente–. No hace falta que me acompañes –añadió irritada cuando él bajó del coche y la siguió hasta la entrada. De repente se percató de la situación, furiosa–. Tú también te alojas aquí, ¿verdad?

–De hecho, llevo aquí dos días. Me sorprende que no hayamos coincidido en el desayuno.

–Eres el hombre más irritante que he conocido –dijo Anna mientras entraban en el ascensor. Dos días. Llevaba en su mismo hotel dos días y ni siquiera se había molestado en contactar con ella.

–Ya te dije que tenía asuntos de negocios urgentes, pero ahora soy todo tuyo, Anna *mou* –suspiró dulcemente mientras en el ascensor parecía agotarse el aire y sus miradas se fundían.

–Comprenderás que no salte de alegría –dijo con sarcasmo, aunque el tono de su voz la delató.

El ascensor llegó a su planta y ella corrió por el pasillo para llegar a su habitación antes de que él la alcanzara. Por supuesto fue inútil, las zancadas de él la superaban por completo.

–¿Qué quieres exactamente, Damon?

–¿Quién solía llamarte Annie? ¿Tu padre? –insistió al ver que ella no contestaba–. ¿Te pegó alguna vez, *pedhaki mou*?

–Claro que no –Anna abrió la puerta y entró. Estaba tan asustada por la pregunta que no se dio cuenta de que él también había entrado hasta que fue demasiado tarde–. Mi padre no era así, era bueno y... y divertido, y yo lo quería.

–¿Y quién te hizo tanto daño que la simple mención del apodo que utilizaba contigo hizo que reaccionaras así en Londres? –las lágrimas de ella le provocaron un nudo en el estómago.

–No importa. No es de tu incumbencia –miedo, vergüenza, todas las emociones que evocaba el recuerdo de su padrastro la invadieron.

Phil solía acusarla de excitarle deliberadamente. Decía que si no podía apartar sus manos de ella era por su culpa y, aunque el sentido común le decía que ella no había hecho nada malo, parte de ella se preguntaba si no se lo tendría merecido.

A lo mejor su padrastro tenía razón al decir que era intrínsecamente mala. Aunque era adulta, la impresionable adolescente, con sus temores, seguía en su interior. Se moriría de vergüenza si Damon descubría las cosas que Phil le decía, las sugerencias que aún le provocaban náuseas. A lo mejor Damon pensaría que ella había excitado a su padrastro.

–Márchate, Damon –dijo ella con un sollozo–. ¿No te diste por aludido en Londres? No quiero tener nada que ver contigo.

–Mientes.

No era una pregunta, sino una afirmación expresada con su habitual arrogancia.

–Dios mío, ¿qué tengo que hacer para que lo entiendas? –ella abrió los ojos desmesuradamente–. Déjame sola.

–¿Cómo voy a hacerlo si no dejo de pensar en ti día y noche? –gruñó él–. ¿Cómo voy a olvidarte si me correspondes con tanta pasión? Lo sientes, Anna, igual que yo. Hay algo entre nosotros, química, atracción, llámalo como quieras. Solo sé que nunca me he sentido así por ninguna mujer.

Mientras hablaba, él la tomó en sus brazos con sus oscuros ojos ardientes de deseo y frustración, y con una ternura que a ella le dolió. Las lágrimas que había reprimido toda la noche empezaron a deslizarse por sus mejillas.

–No lo entiendes –sollozó ella mientras le golpeaba el pecho con las manos.

–Entonces, haz que lo entienda –dijo él mientras ignoraba sus golpes hasta que ella se derrumbó sobre él–. Quiero mantener una relación contigo, Anna– la miró a los ojos–. Que seamos amigos y amantes –añadió cuando ella sacudió ferozmente la cabeza–. Y creo que entiendo por qué te cuesta tanto confiar.

Ella lo dudaba seriamente. Nadie conocía sus secretos. Jamás le había confesado a nadie la insana obsesión que sentía su padrastro por ella, ni siquiera Kezia lo sabía.

–¿Por qué no quieres aceptar que no me atraes? –murmuró ella mientras intentaba soltarse y dejar un espacio entre ellos. Él parecía dominar la habitación y ella se fijó en la envergadura de sus hombros. Desesperada, se centró en su boca y, al recordar la sensación al tenerla sobre la suya, sus labios se entreabrieron en una involuntaria invitación.

–Sé que eres tan consciente como yo de la atracción que nos consume –dijo él seriamente–. Cuando te tengo en mis brazos, cuando te beso, tu cuerpo me dice lo que te niegas a admitir. Me deseas, Anna, con una pasión que iguala la mía. Pero los sucesos de tu infancia, y sobre todo la traición de tu padre, te impiden entregarte a nadie.

–¿Qué tiene que ver Lars con todo esto? Ya te he dicho que adoraba a mi padre.

–Y él te abandonó. Te rechazó y eligió a su segunda esposa y sus hijas antes que a ti. Entiendo lo desolador que debió de ser, *pedhaki mou*.

–Lo dudo –murmuró Anna con cansancio–. Mi padre era un adúltero compulsivo que le rompió el corazón a mi madre. No puedes culparme por intentar evitar acabar igual que ella– ella se alejó de él–. Estoy cansada y no quiero hablar sobre ello –murmuró mientras se ponía rígida al acercarse él por detrás y apoyar las manos sobre sus hombros.

–No puedo ayudarte si no confías en mí –dijo con dulzura.

–¡No necesito ayuda, maldita sea! Si alguna vez voy al psicólogo, ya te lo diré –le espetó, aunque su sarcasmo quedó anulado por las lágrimas que la ahogaban.

Damon no contestó y empezó a masajearle los tensos músculos del cuello. Anna sabía que debía retirarse, pero la sensación de sus manos sobre su piel era maravillosa. Él masajeó sus músculos con eficacia y alivió la tensión hasta que ella se relajó.

–¿Mejor? –su cálido aliento le acariciaba las mejillas y ella suspiró.

Tampoco ofreció resistencia cuando él la obligó a girarse y la miró tiernamente a los ojos. El sentido común le decía que debería pedirle que se marchara. Pero en cambio esperó, con una curiosa sensación de fatalidad, a que él la besara, lenta y sensualmente, venciendo su resistencia.

Eso era lo que ella quería, admitió mientras le rodeaba el cuello con sus brazos. Él lo sabía y ya no servía de nada negarlo. En brazos de Damon, por ridículo que pareciera, se sentía segura.

Ella separó sus labios, ansiosa por recibir la cálida lengua en su boca mientras el beso adquiría mayor intimidad. De repente, lo demás ya no importaba, ni su padre, que había minado su confianza en los hombres, ni su padrastro, que había destrozado su autoestima. Lo único importante era la sensación de los labios de

Damon sobre su piel mientras buscaba, y encontraba, el punto más sensible de su cuello.

Él levantó ligeramente la cabeza y ella acarició su mejilla con los labios, parándose en la comisura de la boca antes de iniciar una exploración en el interior con la lengua. Él permitió que ella tomara el control, hasta que su deseo fue tan abrumador que no pudo evitar sujetarla firmemente mientras el beso pasaba a ser claramente erótico.

—Damon —ella gimió cuando él de repente la levantó en vilo y se dirigió decidido al dormitorio. Las alarmas sonaban en su cabeza, pero ella las ignoró. Durante años sus estúpidos bloqueos la habían impedido explorar su propia sexualidad, pero eso había terminado. Quería que Damon le hiciera el amor. Quería que la liberara de su prisión de terror y que le demostrara que era una mujer sexualmente normal.

Cuando él la tumbó sobre la cama, ella se aferró a él como si temiera que se fuera a marchar.

—Tranquila, *pedhaki mou*, no hay prisa —murmuró dulcemente cuando ella lo agarró por los hombros y tiró de él.

Él no lo entendía, pensó. Tenía que hacerlo, en ese instante, mientras sus nervios todavía aguantaran. Con un gemido, ella buscó su boca mientras sus manos le desabrochaban la camisa para acariciar su pecho.

Él tenía un cuerpo increíble, firme y fuerte, con los músculos del abdomen claramente visibles bajo su piel morena. El vello arañaba ligeramente sus manos y ella tembló al imaginar cómo se sentiría contra sus pechos.

—Me toca —bromeó él cariñosamente mientras sus manos desataban el vestido, como si le leyera el pensamiento a Anna, que deseaba que deslizara la tela hasta dejar al aire sus pechos. Ella observó cómo se oscurecía su mirada y reconoció el apetito animal, y gimió suavemente cuando él se agachó sobre ella, piel contra piel.

Los labios de él avanzaron sensualmente por la boca de ella, por el cuello y hasta el suave valle entre sus pechos. Anna contuvo la respiración cuando tomó esos pechos en sus manos y acarició con la lengua los sensibles pezones erectos. Una exquisita sensación la inundó y ella le acarició el cabello mientras lo apremiaba en silencio para que continuara.

Quizás porque advirtió su desesperación, él se introdujo un pezón en la boca y lo chupó hasta que ella se arqueó bajo su cuerpo y empujó las caderas contra él con un efecto demoledor.

–*Theos*, Anna, no creo que pueda esperar –murmuró mientras levantaba la cabeza y mostraba el rostro del deseo. Luego lamió el otro pezón mientras observaba fascinado cómo se endurecía.

Anna cerró los ojos y se entregó a las maravillosas sensaciones que Damon despertaba en ella. Su cuerpo ardía y el dolor en la boca del estómago se acentuó hasta convertirse en un grito de deseo. Ella movió las caderas, mientras aumentaba el calor entre sus muslos, convencida de que quería que sucediera, incluso cuando él deslizó el vestido por debajo de sus caderas.

El roce de sus manos en sus muslos hizo que ella temblara de excitación. Únicamente estaba vestida con el diminuto triángulo de raso y respiró hondo cuando él deslizó los dedos por debajo para acariciar los suaves rizos entre sus muslos.

«Esto es bueno», pensó cuando las primeras dudas empezaron a asaltarla. Ella era consciente de sus dedos que se deslizaban hacia abajo y sabía instintivamente que iba a separarle las piernas para tocarla allí donde ella más lo deseaba.

Ella quería que él continuara, lo deseaba desesperadamente, pero el frío se instalaba en su cuerpo y sus músculos se tensaron ante la imagen mental de la lasciva sonrisa de su padrastro.

«¿Quieres que te diga dónde me gustaría tocarte, Annie?».

–¿Qué sucede, Anna *mou*? –Damon la miró y sonrió con tierna pasión.

Ella lo miró, deseosa de relajarse, pero no podía, y cuando él la acarició de nuevo, ella juntó las piernas y le empujó.

–¡No, no! No puedo. Por favor, Damon, déjalo. Por favor –susurró mientras inconscientemente pedía su perdón al ver cómo su rostro se ponía rígido–. Lo siento. No puedo hacerlo. Lo siento.

Mientras él se echaba a un lado, ella agarró el vestido y se lo puso a toda prisa. Se sentía enferma, a punto de vomitar. Sería la humillación completa y respiró con dificultad.

Apenas se atrevía a mirar a Damon, segura de encontrar disgusto y desprecio en su mirada. Pero cuando al fin lo hizo, no encontró nada de eso. Simplemente parecía cansado y, curiosamente, abatido. Ella sentía que le había herido y la idea la descompuso.

–Debes de odiarme –ella no quería llorar delante de él, pero no pudo evitar que las lágrimas rodaran por sus mejillas. Le oyó suspirar y se cubrió el pecho cuando se acercó. Se había abrochado mal la camisa, otro reflejo más del dolor que ella le había provocado.

–¿Por qué debo de odiarte? –preguntó con dulzura.

–Debes de pensar que me burlo de ti, que te excito deliberadamente para… –ella se derrumbó, incapaz de continuar.

–¿Era eso lo que hacías, Anna? ¿Me provocabas de-

liberadamente? –su voz no reflejaba ninguna emoción.
La idea de que él la despreciara la obligó a mirarle a
los ojos.

–No. Te deseaba. Pensé que podría hacerlo. De
verdad pensé que podría con ello –susurró con voz
ronca.

Damon frunció el ceño. Ella le había correspondido
con tal pasión que él había pensado que deseaba hacer
el amor con él. La idea de que ella se había esforzado
en «poder con ello», le resultaba repugnante. ¿Pensaría
que él era una especie de ogro? Sin embargo había pa-
recido tan ansiosa cuando él la llevó al dormitorio…

Sabía que había ido demasiado deprisa para ella, y
eso le ponía furioso. Había planeado tomárselo con
calma y había ido a Nueva York con la intención de
conquistarla hasta ganarse su confianza. En cambio se
había comportado como un hombre de Neardenthal.
Era lógico que ella lo estuviera mirando con terror.

La vulnerabilidad que expresaba la mirada de ella
hizo que deseara tomarla entre sus brazos y abrazarla,
pero se contuvo mientras le apartaba un mechón de cabello del rostro.

–No te odio, Anna, al contrario, pero entenderás
que no siempre te comprendo –añadió–. En mi ansia
por hacerte el amor, confundí tu reacción con una invitación para que te llevara a la cama. Me temo que no
soy tan paciente como tus anteriores amantes –gimió
frustrado–, pero comprendo tu necesidad de confiar en
mí antes de profundizar más en nuestra relación.

El tono comprensivo destrozó a Anna. Desde el principio él había sido sincero sobre lo que buscaba en ella
y ya era hora de que ella le devolviera parte de esa sinceridad.

–¿Mis anteriores amantes? ¿Qué amantes, Damon?

–Tus amores son tema de portada –él se encogió de hombros mientras se sonrojaba ligeramente–, pero no te critico, *pedhaki mou*. Yo tampoco soy un monje –se pasó una mano por el cabello, incapaz de ocultar su frustración–. ¿Te han abandonado tus otros novios? ¿De eso se trata?

–No ha habido otros novios, no tal y como tú lo entiendes –susurró ella con el corazón acelerado mientras asimilaba la atónita expresión de él–. Nunca he tenido un amante.

–Pero la prensa habla de todos esos hombres en tu vida… de todas esas relaciones.

–No son más que chismorreos y especulaciones de periodistas desesperados por aumentar sus ventas –explicó ella con una risa amarga–. Por algún motivo, mi foto en la portada aumenta las ventas, y un artículo que describa mi supuesta vida sexual vende todavía más. Ya te advertí que no te creyeras toda la basura que leyeras sobre mí.

–¿Quieres decir que eres virgen?

–No es ningún crimen –para su horror, sintió que las lágrimas afloraban a sus ojos–. Quiero que te marches. Estoy cansada y quiero acostarme– su mirada se posó en las sábanas arrugadas donde, segundos antes, ella había ardido de deseo. En esos momentos solo sentía un dolor en el corazón, pero antes se moriría que sufrir la humillación de su compasión.

–Anna, yo… –él alargó la mano, pero ella lo rechazó y huyó hacia el cuarto de baño.

–Márchate, Damon –suplicó ella–. Admite que no soy la mujer que pensabas que era, la experimentada seductora que quieres que sea. Seguro que hay una docena de rubias en tu agenda que pueden ofrecerte sexo sin complicaciones. Créeme, pierdes el tiempo conmigo.

Capítulo 8

CUANDO Anna al fin encontró el valor para salir del cuarto de baño, se alegró de que Damon se hubiera marchado. Se metió en la cama y lloró hasta quedarse dormida.

A la mañana siguiente se encontraba fatal y se dirigió al cuarto de baño para observar en el espejo la imagen de su cara hinchada y sus ojos rojos. Había leído que llorar era una especie de catarsis que purgaba las emociones, pero a ella solo le había dejado un horrible dolor de cabeza.

Le llevó algún tiempo darse cuenta de que alguien llamaba a la puerta. Al abrir se encontró con el sonriente camarero.

—Servicio de habitaciones —anunció mientras entraba con el carrito.

—Debe de ser un error. Yo no he pedido nada —protestó ella—. Debe de haberse equivocado.

—Habitación 158, desayuno para dos —insistió mientras empezaba a servir el contenido del carrito—. Zumo de naranja, café, huevos, croquetas de patata, bollos…

—Solo quiero un par de aspirinas y una taza de té —murmuró con el estómago revuelto.

—Desde luego tienes un aspecto horrible esta mañana. Suerte que los editores de *Vogue* no pueden verte —una voz familiar sonó a sus espaldas—. Gracias —Damon despidió al camarero y entró en la habitación con gesto preocupado ante el aspecto de Anna.

–He pasado una noche horrible. Es normal que tenga este aspecto –dijo furiosa.

–Para mí siempre serás la mujer más preciosa del mundo, Anna *mou*.

–No lo hagas –dijo ella con lágrimas en los ojos cuando él se acercó.

–Siento que hayas pasado una mala noche. Si te sirve de consuelo, la mía ha sido peor.

Ella lo miró a la cara y notó las arrugas alrededor de sus ojos y su boca. Con mala noche o sin ella, seguía teniendo un aspecto fabuloso.

–Tengo entendido que hoy estás libre –dijo él alegremente, aunque sin explicar cómo lo sabía–. Pensé que podríamos desayunar relajadamente y pasar el resto del día de visita por la ciudad, o ir de excursión en ferry a Manhattan. Se tardan unas tres horas y las vistas son excelentes.

–¿Por qué? –preguntó Anna con voz ronca mientras intentaba no contagiarse de su entusiasmo.

–¿Por qué ir en barco? Es más relajante que ir por carretera, pero hay muchas excursiones en autobús si lo prefieres.

–No es eso lo que quiero decir, y lo sabes. No tienes que pasar el día conmigo. No cambiará nada –dijo torpemente con las mejillas rojas ante la mirada inquisitiva de él.

–No espero que te metas en mi cama como pago por un entretenido día de excursión –dijo él secamente–. Solo me apetece pasar algo de tiempo contigo, Anna –añadió con dulzura antes de besarla ligeramente con evocadora ternura. Luego levantó la vista y la miró a los ojos–. No sé lo que te sucedió en el pasado, *pedhaki mou*, y no puedo obligarte a confiar en mí. Algo… alguien evidentemente te hizo tanto daño que desconfías de todos. Pero yo no me marcharé sin más.

–¿Aunque nunca sea capaz de hacer el amor contigo? –susurró ella–. Porque no puedo, Damon. Anoche pensé que sí. Te deseaba muchísimo –admitió con una sinceridad que le conmovió a él–. Pero cuando llegamos a… me quedé helada –las lágrimas llenaron sus ojos.

–Nunca es mucho tiempo –Damon la rodeó con sus brazos y besó sus cabellos–. Vayamos día a día. Anoche te quedaste bloqueada porque yo te metí prisa y no estabas preparada. Entiendo que la confianza sea importante para ti, Anna. Necesitas saber que no te haré daño. Solo te pido una oportunidad para demostrarte que puedes tener fe en mí.

Era imposible resistirse a él, pensó Anna mientras descansaba la cabeza contra su pecho. En lugar de estar enfadado o impaciente, él era todo comprensión y cariño.

–Espero que tengas hambre –Damon le besó la punta de la nariz mientras la guiaba hasta la mesa–. Este es un desayuno al estilo de Nueva York.

–Me muero de hambre –contestó Anna, sorprendida de que fuera así. Tras la horrible noche pasada, creyó que nunca más volvería a probar bocado, pero para su sorpresa, descubrió que había recuperado el apetito. Se sentó y se sirvió un plato de huevos revueltos–. ¿Me acompañas?

Su tímida sonrisa le provocó una punzada de dolor en el estómago a Damon. Sin maquillar y con el pelo recogido en una coleta, parecía joven e inocente. Aunque él seguía preguntándose hasta dónde llegaba realmente esa inocencia.

No dudaba de que hubiera dicho la verdad sobre su total falta de experiencia con el sexo. Solo se preguntaba cómo no se había dado cuenta antes. Él era culpable de haberse creído toda la basura publicada sobre ella. Su participación en actos benéficos debería haberle indicado que no era la caprichosa supermodelo que aparecía en la prensa.

Anna era preciosa por dentro y por fuera, pero también emocionalmente frágil y asediada por los demonios de su pasado. Él había pasado una noche infernal, sabiendo que no tenía ni el tiempo ni la capacidad para ayudarla. Tenía obligaciones que ella desconocía, una carga en forma de niña que siempre sería su prioridad.

¿Cuándo sería un buen momento para dejar caer que tenía una hija de ocho años? Nunca se había encontrado en esa disyuntiva. Desde la muerte de Eleni, jamás había sentido la necesidad de profundizar en ninguna de sus relaciones tanto como para que saliera Ianthe a relucir.

Pero Anna era diferente. A él le... importaba, admitió mientras respondía a su sonrisa. No sabía cómo ni por qué había sucedido, solo sabía que la quería en su vida.

Era evidente que el sexo era un problema para ella, pero en lugar de disminuir su deseo, no hacía más que aumentarlo. Él quería ayudarla a superar sus miedos. Quería guiarla y presenciar la primera vez que sintiera placer sexual. Ella le provocaba sentimientos primitivos y profundamente posesivos, y él estaba preparado para esperar lo que hiciera falta hasta que ella estuviese lista para entregársele por completo.

Se sentó a la mesa junto a ella y se sirvió el desayuno, aunque ya no tenía hambre. ¿Cómo iba a pedirle que confiara en él si le ocultaba una parte fundamental de su vida? Tenía que hablarle sobre Ianthe, lo antes posible.

–... Damon.

De repente se dio cuenta de que Anna le hablaba.

–Está bien que hayas cambiado de idea sobre hoy –murmuró, incapaz de disimular su desconcierto–. Seguro que tienes mejores cosas que hacer que pasar el día conmigo.

–No –contestó él con franqueza–. Nada me gustaría más que estar contigo. ¿Cuánto tiempo te quedas en Nueva York?

–¿No has consultado mi agenda? –arqueó las cejas al más puro estilo Anneliese Christiansen: fría y distante, antes de esbozar una pícara sonrisa, reflejo de la verdadera Anna–. Tengo una sesión de fotos la semana que viene, pero no tiene mucho sentido volver a casa. Además, me apetece tomarme unos días libres aquí. ¿Y tú? Supongo que tendrás que volver pronto a Grecia.

–Soy mi propio jefe y puedo hacer lo que quiera –dijo con suma arrogancia–. Y quiero quedarme hasta la semana que viene –sus ojos adquirieron un brillo de sensualidad–. O sea que aquí estamos, dos personas solas en Manhattan. Sugiero pasar juntos los próximos días, por seguridad –añadió con una sonrisa.

–¿Quieres decir que contigo estoy segura?

–Tienes mi palabra, *pedhaki mou* –su voz reflejaba seriedad–. Confía en mí, Anna *mou*.

Anna siempre había pensado que Nueva York era una ciudad increíble, pero junto a Damon se volvió mágica. Tal y como él había sugerido, tomaron el barco y disfrutaron del viaje a Manhattan mientras contemplaban los rascacielos que dominaban el horizonte.

Era un compañero atento y sensible. En el barco se colocó tras ella y le rodeó la cintura con los brazos para que se apoyara contra su fuerte pecho.

Después de comer, subieron al ferry de Battery Park que les llevó a la estatua de la libertad. Mientras paseaban por la base del monumento, él le agarró la mano con una familiaridad que derribó, una a una, todas sus barreras. Anna no entendía qué quería de ella, por qué estaba ahí, pero de repente ya no le importaba.

Cuando se pararon y él la abrazó, ella lo miró en silencio, deseosa de que sus labios se fundieran. Él le provocaba sentimientos que jamás había experimentado con otros hombres. Normalmente se hubiera asustado por ello, pero ya estaba harta de asustarse.

Damon le había dado su palabra de que no le metería prisa para mantener una relación sexual hasta que estuviese preparada, y ella sabía que él nunca intentaría obligarla.

Ella siempre había pensado que jamás podría confiar en un hombre, pero a lo mejor, solo a lo mejor, él era diferente.

A medida que pasaba la semana, ella supo que Damon era distinto a cualquier otro hombre. Para el público era un hombre de negocios despiadado, poderoso y triunfador, pero tenía otro lado que ella estaba segura solo conocían unos pocos aparte de su familia directa.

Solo un hombre en quien se pudiera confiar aunaría fuerza con ternura y una consideración que la emocionaba. Damon tenía la capacidad de hacerle sentir como una princesa. Ella adoraba el modo en que la trataba, como si fuera alguien muy valioso para él, aunque ella sabía de corazón que no podía ser así.

Podía tener a cualquier mujer que deseara. ¿Por qué perdía el tiempo con una novata sexualmente inexperta incapaz de satisfacerle?

–Estás muy callada, *pedhaki mou*. ¿Estás cansada?

–Un poco, pero ha sido un día maravilloso. Todavía me da vueltas la cabeza por todo lo que hemos visto –habían pasado varias horas en el Mueso de Arte Metropolitano. Aquella noche habían cenado en uno de los mejores restaurantes de Nueva York, y después, Damon la había sorprendido con un paseo romántico en un coche de caballos por Central Park.

Tras volver al hotel él aceptó la invitación de tomar una copa en la suite de Anna. El broche lógico a ese día sería que él la llevara en brazos hasta el dormitorio donde pasarían la noche haciendo el amor.

Si ella fuese una mujer *normal*, se abrazaría a su cuello y le invitaría a que la llevara a la cama. Pero ella no era normal, pensó tristemente Anna. Ella era frígida, incapaz de experimentar o de procurar placer sexual, ni siquiera con el hombre que le había robado el corazón.

–¿Qué ocurre, Anna? ¿Quieres que me vaya?

Ella estaba de pie junto a la ventana y contemplaba las luces de neón de Times Square. Damon se acercó y le rodeó la cintura con los brazos.

–Supongo que deberías hacerlo… es tarde –susurró ella, sin poder disimular las lágrimas que ahogaban su voz. No ofreció ninguna resistencia cuando él la obligó a girarse mientras le enjugaba las lágrimas con el pulgar–. Ojalá las cosas fueran diferentes –admitió ella con desesperación–. Has sido tan bueno conmigo estos días que siento que debería…

–¿Acostarte conmigo? ¿Ofrecerte a mí como una virgen al sacrificio, solo porque he sido amable contigo? Anna, cuando vengas a mí que sea porque quieras hacer el amor conmigo, no porque te sientas obligada a ello –aseguró él.

–¿Y si eso nunca sucediera? ¿Cómo puedes estar tan seguro? Debe de haber docenas de mujeres dispuestas a meterse en tu cama –murmuró ella mientras luchaba contra una oleada de náuseas ante la idea de que hubiera otra mujer en sus brazos.

–Solo te quiero a ti, Anna *mou*. No me sirve ninguna otra. Y sé que no eres del todo inmune a mí –añadió mientras la abrazaba más fuerte–. Solo necesitas sentirte cómoda conmigo antes de que podamos mantener una relación íntima completa.

¡Cómoda! Ella se sentía cualquier cosa menos eso a su lado. Sentirse cómoda implicaba una familiaridad que estaba muy lejos de la tensión que la agarrotaba. La sensual calidez de la mirada de Damon la inundó de calor, y tembló de anticipación cuando él se agachó para besarla.

Durante toda la semana, él la había besado varias veces con ternura. Anna agradecía su sensibilidad, pero una parte de ella deseaba que él perdiera el control y la besara con la salvaje pasión que se reflejaba en su mirada.

Esa pasión era una fuerza que él ya no podía ocultar y reclamaba los labios de ella con incuestionable avidez. Ella separó los labios y dejó entrar su acariciante lengua. Con Damon, ella no se sentía sucia ni avergonzada.

Por primera vez en su vida, ella tuvo la sensación de ser una persona sensual. Su cuerpo parecía haber sido creado únicamente para dar y recibir placer y se regodeó en la fuerza del empuje de la erección de Damon contra su estómago.

Cuando él la guio hasta el sofá, ella lo siguió sumisa. La volvió a besar lenta y seductoramente anulando sus sentidos hasta que ella no fue consciente más que de la sensación de sus manos, y tembló de excitación cuando él empezó a desabrocharle la blusa. El recuerdo de lo que sintió cuando él acarició sus desnudos pechos, hizo que sus pezones se endurecieran y se irguieran ante el placer que se avecinaba.

Damon desabrochó el último botón, pero para desilusión de Anna, no hizo nada por deslizar la suave seda de sus hombros. Ella se movió inquieta y él gruñó mientras presionaba sus caderas para impedírselo.

–No soy de piedra, *pedhaki mou*. Si no te estás quieta, acabaré haciendo algo que te escandalizará y me avergonzará.

Ella lo miró fijamente y se sonrojó ante las imágenes evocadas por sus palabras. No quería que él parara, quería que la volviera a besar, que la tocara allí donde más ansiaba ella ser tocada y se apretó contra él con ojos suplicantes.

–No creo que me escandalices –dijo ella–. Me siento a salvo contigo, Damon, y quiero que me beses… que me toques –admitió con voz ronca.

Ella sintió los movimientos agónicos del pecho de él, como si le faltara el aire. La mano con la que solía acariciar su pelo empezó a moverse. Sus ojos se habían oscurecido hasta un tono caoba y estaban iluminados por la llama del deseo y ella le correspondió con temblorosa pasión.

–Eres preciosa, Anna *mou*. Nunca he deseado a una mujer tanto como te deseo a ti –murmuró–, pero no te meteré prisa, ni te haré daño, y te doy mi palabra de que pararé en cuanto me lo pidas.

Mientras la volvía a besar con fuerza, Anna pensó que a lo mejor no querría que él parara. Sintió un atisbo de esperanza y abrió la boca para aceptar su lengua. Confiaba en la palabra de Damon, pero a lo mejor estaría tan envuelta en el placer que él la provocaba que los temores quedarían en un segundo plano.

No llevaba sujetador y emitió un gruñido de aprobación cuando él le deslizó la blusa por los hombros y tomó sus pechos en las manos. La caricia de sus pulgares sobre los inflamados pezones la inundó de sensaciones y le hizo gemir suavemente.

Damon acarició con sus labios desde el cuello hasta el pecho y lamió un pezón hasta que estuvo completamente erguido para él. Anna se acomodó en su regazo y deslizó las manos por sus cabellos, gimiendo cuando él empezó a chupar el pezón.

Cuando él pasó al otro pecho, ella ya temblaba de sorpresa por las sensaciones tan placenteras que él le proporcionaba, y por el deseo de que continuara. En su mente no cabía más que el febril deseo de que él apaciguara el dolor que crecía en su interior y, cuando deslizó una mano bajo su falda, ella dio un respingo ante el suave tacto de los dedos en el interior de sus muslos.

–¿Demasiado, Anna? –él se paró al confundir el respingo de ella con una súplica para que parara–. ¿Quieres que pare? –susurró mientras la miraba a los ojos.

Ella negó lentamente con la cabeza y observó la calidez de su mirada cuando se acercó a él para iniciar un beso que hizo que él se emocionara. Durante un momento, permitió que fuera ella quien llevara el mando, antes de profundizar el beso hasta su punto más erótico. La lengua de él era un instrumento de gozo sensual que dejaba patente el deseo que sentía por ella.

Anna era consciente de la mano que ascendía bajo su falda, pero la presión de la boca de él contra la suya le producía tal oleada de emociones que no sintió temor ni repulsión cuando él acarició suavemente el pequeño triángulo de seda entre sus muslos. El deseo la inundó de calor y humedad, y contuvo el aliento cuando él introdujo los dedos bajo su tanga para iniciar una exploración nueva y maravillosa.

Ella se abrió como una flor al sol y, con sumo cuidado, él deslizó un dedo en su interior mientras sentía el espasmo de sus músculos. Estaba más tensa de lo que él esperaba y no quería hacerle daño, pero ella parecía ansiosa por presionarle para que continuara con sus caricias.

Anna cerró los ojos con todo el cuerpo concentrado en las increíbles sensaciones que Damon le despertaba. Su cuerpo ardía en llamas y ni siquiera estaba segura de lo que deseaba, solo sabía que era allí donde lo deseaba y, con un pequeño grito, impulsó sus caderas contra la mano de él.

Damon pareció percibir las tumultuosas sensaciones que se agolpaban dentro de ella y empezó a mover un dedo con caricias rítmicas al mismo tiempo que frotaba con el pulgar el extremadamente sensible clítoris. El mundo de Anna estalló.

Una contracción tras otra la desgarró. Era algo aterradoramente nuevo y, al mismo tiempo, tan exquisito que no sentía miedo. Lanzó la cabeza hacia atrás y gritó, ignorante del placer que le producía a él contemplarla alcanzar el clímax por primera vez.

Una emoción profundamente primitiva surgió en Damon. Anna era suya y solamente suya. Ningún otro hombre la había acariciado así, ni la había hecho gritar de placer.

Ella le pertenecía y, mientras los temblores cesaban, él se juró que siempre la cuidaría. Todavía la acosaban los fantasmas del pasado. Todavía quedaba mucho camino por recorrer antes de que ella sintiera la confianza suficiente para entregársele por completo. Pero esperaría. Haría acopio de su fuerza de voluntad para controlar el deseo que amenazaba con desbordarle y, algún día, su paciencia recibiría la recompensa y él podría penetrarla completamente hasta que sus dos cuerpos se fundieran en uno.

La sola idea ya bastó para que su pene presionara incómodo contra los pantalones y, de un salto, se puso en pie con ella en brazos. La presión de su cuerpo contra el suyo pondría a prueba hasta a un santo, pero había prometido no meterle prisa y lo iba a cumplir.

Anna sintió que la habitación daba vueltas y abrió los ojos para descubrir que Damon la llevaba en brazos hasta el dormitorio. Él le había proporcionado más placer del que ella pensó que era posible sentir. Incluso en esos momentos, todavía sentía pequeñas oleadas de sacudidas que la invadían. Era justo que él quisiera experimentar el mismo éxtasis sexual y ella intentó controlar unos pequeños escalofríos de aprensión.

Cuando la tumbó sobre la cama, ella lo miró en silencio mientras sonreía tímidamente, ignorante de la vulnerabilidad que reflejaba su mirada. Él no era un bárbaro y no tenía nada que ver con el baboso simulacro de hombre que había sido su padrastro.

Damon jamás se burlaría de ella ni la haría sentirse sucia. Pero cuando él se inclinó sobre ella, sintió que le faltaba el aire.

—Te dejaré tranquila para que te desnudes —dijo él en un tono casual.

Ella lo miró confusa cuando él le alcanzó el camisón y todavía más cuando volvió a hablar.

–¿Te traigo algo? ¿Una taza de té?

¡Té! Pretendía que se sentaran tranquilamente a tomar una taza de té antes de abalanzarse sobre ella en la cama y hacerle el amor apasionadamente. Si no hubiera estado aterrada, Anna habría encontrado la situación de locos.

–Estoy bien, gracias –murmuró mientras se aferraba a su camisón.

Ella no tenía ni idea de cuánto tiempo duraría el receso y se metió en el cuarto de baño para ponerse el camisón, lavarse la cara y cepillarse los dientes en un tiempo récord.

No hacía más que repetirse que podía hacerlo, mientras intentaba ignorar que el último vestigio de deseo que Damon había despertado en ella ya había desaparecido. Estaba a punto de gritar de los nervios y el calor sensual que antes la inundaba entre los muslos había dejado paso a una sequedad absoluta. Pero podía hacerlo.

Durante un instante, el rostro de su padrastro volvió a aparecer, pero ella pestañeó para echarlo de su mente. Oía sonidos en el dormitorio. Sin duda Damon la esperaba y ella sintió una punzada de temor en el estómago. No podía seguir siendo virgen el resto de su vida y lo mejor era acabar cuanto antes con la primera vez.

Al verla salir del cuarto de baño, Damon pensó que parecía un corderito a las puertas del matadero. Su enorme camisón de algodón blanco estampado con margaritas amarillas resultaba de lo más infantil y él sintió el deseo de tomarla en sus brazos y simplemente abrazarla. Pero lo que hizo fue retirar la sábana y dar una palmadita en el colchón.

–A la cama, *pedhaki mou*.

Ella luchó contra las ganas de salir huyendo y obedeció. Él seguía vestido. A lo mejor quería desnudarse delante de ella, pensó mientras cerraba los ojos para borrar esa escena de su mente.

Ella le permitió taparla con la sábana y, al sentir el movimiento del colchón, se atrevió a entreabrir los ojos y le descubrió sentado al borde de la cama, todavía vestido.

–¿Qué te parece si saco entradas para algún espectáculo de Broadway mañana?

–Eso suena… bien –murmuró ella. Le costaba hacer planes para el día siguiente cuando aún no había pasado la noche.

–Bien –Damon se puso en pie–. Lo consultaré mañana en la recepción. Que duermas bien, Anna –se inclinó hacia ella y la besó tiernamente antes de dirigirse hacia la puerta.

–Pero yo pensé –ella se sentó en la cama y lo miró aturdida–, pensé que te quedarías a pasar la noche. Antes, cuando nosotros… cuando yo… no te di placer.

–Al contrario, Anna *mou*, el poderte dar placer a ti me produjo más gozo del que jamás he sentido –dijo él seriamente–. Espero poderte hacer el amor por completo pronto, pero solo cuando estés preparada, solo cuando confíes en mí lo suficiente como para entregarte a mí sin temor ni reservas. Hasta entonces, dormiré en mi cama, aunque seguramente me pasaré la mayor parte de la noche bajo una ducha helada –admitió con una sonrisa que a ella le conmovió–. Que tengas dulces sueños, Anna. Te veré en el desayuno –dijo con dulzura antes de salir del dormitorio y cerrar la puerta tras él.

Capítulo 9

ANNA durmió a ratos y se despertó de madrugada. Las dos horas que siguieron las dedicó a ensayar lo que quería decirle a Damon. Tras la ducha se secó el pelo antes de elegir unos pantalones blancos de lino y un top de seda. El efecto final era frío y elegante.

A las ocho ya no aguantó más y subió a su habitación con el corazón a punto de desbocarse. La paciencia y comprensión de él la noche anterior le había demostrado que era de fiar y sabía que no tendrían una relación normal hasta que ella le hablara de su padrastro.

A lo mejor Damon sería capaz de borrar la idea que Philip Stone había grabado en su mente de que el sexo era algo sucio y repelente. El sentido común le decía que hacer el amor era algo natural, pero necesitaba la fuerza y la sensibilidad de Damon para convencerse de ello.

–Ya sé que es pronto, pero no podía esperar más –dijo ella tímidamente cuando Damon abrió la puerta–. Pensé que podíamos desayunar juntos… –se quedó parada ante la mirada de él.

Su rostro estaba demacrado y profundos surcos rodeaban su boca. Iba impecablemente vestido, pero era evidente que no había tenido tiempo de afeitarse.

–Damon, ¿qué sucede?

–Tengo que irme a casa. Hoy. Ahora –su acento pronunciado reflejaba el estrés que sufría, y se giró para hablar en griego por el móvil–. Lo siento, Anna –dijo cuando hubo colgado–, se trata de una emergencia. No he conseguido un maldito vuelo, de modo que he alquilado un avión privado –cerró su maleta y echó un último vistazo a la habitación antes de dirigirse hacia la puerta, donde ella le cortaba el paso–. Te llamaré.

–¿Qué ha sucedido? ¿Qué clase de emergencia? Por favor, Damon, no me dejes al margen –suplicó–. A lo mejor puedo ayudar.

–Ha habido un accidente en Grecia –dijo él tras respirar hondo–. Todo está controlado y no puedes hacer nada, pero necesito volver a casa lo antes posible.

–Pero, ¿quién? ¿Algún miembro de tu familia? ¿Por qué tanto secreto? –gritó Anna, cuando de repente la idea le vino a la cabeza–. ¿Tienes una amante en Grecia?

–*Theos*, ¿por qué siempre piensas lo peor? –gruñó él con furia–. No tengo ninguna amante en Grecia… ni en Grecia ni en ninguna otra parte.

–Entonces, ¿quién ha resultado herido en un accidente? –preguntó ella–. Creía que éramos amigos, que había algo entre nosotros. ¿No me lo puedes contar?

–Mi hija se ha caído de la bicicleta y está en el hospital con una conmoción. Las pruebas han detectado una ligera inflamación en el cerebro. Por eso tengo que irme.

Anna intentaba asimilar sus palabras. Tenía que ser alguna especie de broma macabra. Era Damon, el hombre a quien había decidido confiar su vida tras una larga noche. ¿Cómo podía tener una hija y no habérselo dicho?

–¿Tu hija? –preguntó con la boca seca–. ¿Tienes una hija? ¿Cuándo… cómo? No lo entiendo.

–Es muy sencillo –dijo él bruscamente. Tenía un nudo en el estómago, pero no había forma de explicarlo delicadamente cuando su adorada niña estaba herida en el hospital–. Mi esposa dio a luz a nuestra hija, Ianthe, diez meses antes de morir.

–De modo que… ¿tienes una hija de ocho años?

–Casi nueve –contestó–. Mira, entiendo que sea un golpe para ti, pero no tengo tiempo de hablar sobre ella… ahora –abrió la puerta y salió–. Te llamaré, *pedhaki mou*.

–¡No lo hagas! –Anna se rio amargamente–. No me llames así. Es más, no me llames en absoluto. No quiero volver a oír hablar de ti, Damon.

–No seas ridícula –a punto de marcharse, él se paró y la miró a la cara–. Tenemos que hablar, Anna –luego suavizó el tono al ver el dolor en sus ojos–. Pero ahora mismo mi prioridad es Ianthe, debes entenderlo.

–Siempre debería ser tu prioridad, Damon –ella lo miró como si lo viera por primera vez y el desprecio de su mirada fue como una puñalada para él–. Cielo santo. Se trata de una niña de ocho años, huérfana de madre, y tú vuelas hasta la otra punta del mundo para intentar convencerme de que me acueste contigo. ¿Qué clase de padre eres?

–No la he dejado sola –le espetó él furioso–. Ianthe siempre ha pasado mucho tiempo con mi hermana y su familia. Considera a Catalina como a una madre y a sus primos como hermanos.

–No es lo mismo –dijo Anna–. Eres su padre, y la dejaste para estar conmigo. Sé muy bien lo que se siente al ser abandonada. Ser relegada por otra mujer. Eres como mi padre, y no puedo creer que fuera tan estúpida como para empezar a confiar en ti.

–¿Cuándo te he dado motivos para dudar de mi palabra? –preguntó él con los ojos llameantes.

–¡Tienes una hija! –gritó Anna–. Una hija a la que ni siquiera mencionaste a pesar de buscar mi confianza. ¿Por qué no me lo dijiste? –dijo ella, asaltada por una enorme decepción.

Damon la miró imperturbable. De repente parecía

muy lejano y ella se dio cuenta de que no lo conocía en absoluto.

—En el esquema general de las cosas —continuó ella—, yo no soy importante para ti, ¿verdad?

—Al principio no lo eras —admitió él—. Siempre he mantenido mi vida privada separada de Ianthe. Muchas mujeres consideran a un padre soltero multimillonario como objetivo de matrimonio.

—¿Quieres decir que me ocultaste la existencia de tu hija porque temías que la utilizara para cazarte? Desde luego, tu arrogancia es ilimitada —Anna luchó contra las náuseas que la invadían. Su corazón estaba partido en dos, pero no iba a darle la satisfacción de comprobar cuánto la había herido—. Ya sabes lo que pienso sobre los padrastros.

—Precisamente por eso no encontré el valor para hablarte de ello —contestó Damon—. Hace tiempo que me di cuenta de que no te parecías a mis anteriores amantes.

—Ya lo sé. Yo me bloqueo con el sexo. No creo que sea un problema compartido por ninguna de tus otras amantes —dijo ella amargamente.

—Quiero decir... que mis sentimientos por ti son diferentes. Significas más para mí que cualquier otra mujer desde la muerte de Eleni —admitió lentamente.

Damon Kouvaris parecía increíblemente aturdido e inseguro.

Pero su azoramiento era, seguramente, causado por haber sido descubierto, se dijo ella. Mientras la apremiaba para que confiara en él, la engañaba deliberadamente. No era mejor que cualquier otro hombre que hubiera conocido. No era mejor que su padre.

De repente pensó en esa niña en la otra punta del mundo, asustada y sola en un hospital con heridas que a lo mejor amenazaban su vida. No era momento de recriminaciones. La hija de Damon le necesitaba y lo más importante en ese momento era que él estuviese a su lado.

–Vete, Damon. Vuelve a casa con tu hijita. Confía en mí –ella suspiró–. La única persona a la que quiere ahora es a su papá, ninguna otra le servirá.

Damon asintió con gesto sombrío al ver cómo ella daba un respingo al pasar él por su lado. La súplica silenciosa de su mirada le destrozó el corazón a Anna, pero mantuvo la compostura.

Entró en el ascensor y sus miradas se fundieron hasta que se cerraron las puertas. Se había marchado. Ella volvió a su habitación y cerró la puerta antes de ceder al torrente de emociones que la sacudían.

En agosto, Atenas era tan caliente como el Hades. Mientras caminaba por el aparcamiento del aeropuerto, Anna sintió el intenso calor y se alegró de subir a la limusina con aire acondicionado que la esperaba.

Las carreteras bullían de tráfico y Anna contuvo la respiración cuando uno de los cientos de motociclistas se cruzó en su camino.

–¿Has estado alguna vez en Atenas? –le preguntó la mujer joven que iba sentada a su lado en el coche.

–He trabajado aquí unas cuantas veces, pero nunca he visitado Atenas realmente –contestó Anna secamente–. ¿Está lejos de aquí el estudio?

–En realidad vamos a mi residencia privada, a unos veinte minutos de la ciudad. Tengo allí un taller y un estudio de diseño y creo que será ideal para la sesión de fotos –explicó con fuerte acento griego–. He contratado a Fabien Valoise.

Anna arqueó las cejas. Tina Theopoulis no reparaba en gastos para promocionar su exclusiva marca de joyería. Fabien Valoise era uno de los mejores fotógrafos.

Cuando su agente le dio los detalles del trabajo en Atenas, ella lo rechazó sin más con la excusa, sincera, de que preferiría volar a la luna antes que a Atenas. Pero Tina Theopoulis, o sus socios financieros, estaban empeñados en que la fría y nórdica belleza de Anna sería ideal para la colección Afrodita.

Pero no fue el increíble incentivo económico lo que le convenció finalmente. A ella no le interesaban el dinero ni su carrera... ya no le interesaba la vida.

Durante el último mes, desde su vuelta de Nueva York, se sentía morir lentamente. No podía dormir y, sobre todo, no podía comer. Era inaudito que una modelo estuviese tan delgada. Esperaba que Fabien Valoise hiciera maravillas con su cámara para transformar el insecto de ojos apagados, en el que se había convertido, en la Anna Christiansen que Tina Theopoulis esperaba encontrar.

La única razón por la que había ido a Atenas era porque Damon estaba allí y, aunque odiaba admitirlo, era incapaz de resistirse a la oportunidad de estar cerca de él, aunque no esperaba encontrarse con él. Atenas era una ciudad grande y abarrotada y las posibilidades de tropezarse con él eran casi nulas, pero era el hogar de Damon y su maltrecho corazón se consoló un poco al saber que estaba cerca.

–Ya estamos –murmuró Tina cuando el coche se paró frente a una villa de paredes blancas.

–Es un lugar impresionante –dijo Anna–. Es enorme y precioso. ¿Cuántas plantas tiene? ¿Cinco?

–Seis con el sótano, y tiene un aparcamiento subterráneo debajo –contestó Tina con una sonrisa–. Estamos en la ladera del Monte Parnitha, de ahí la maravillosa vista. En los días claros incluso se puede ver la isla de Aegina.

–¿Vives aquí sola? –preguntó Anna mientras seguía a su anfitriona por la escalera principal hasta una enorme entrada con suelos de mármol. Antes de que Tina pudiera contestar, tres niños aparecieron corriendo. El mayor no tendría más de cinco años, supuso Anna, mientras que el pequeño era casi un bebé, con sus piernas rollizas y una adorable sonrisa.

–Como ves, no muy sola –se rio Tina–, aunque a veces pienso que rendiría más en mi trabajo si no tuviera niños.

–Pero no podrías vivir sin ellos –supuso Anna mientras sentía una punzada de envidia.

Ella nunca se había planteado seriamente formar una familia. Era algo que se imaginaba para el futuro, y solo podría ser si conseguía salvar el escollo de su desconfianza hacia los hombres lo bastante como para mantener una relación con alguno.

Hubo un tiempo en que pensó que podría confiar en Damon. Pero aunque, milagrosamente, volvieran a encontrarse y se embarcaran en una relación, no pasarían de ahí. Damon tenía una hija que era, lógicamente, prioritaria en su vida y había dejado claro que no buscaba una relación permanente con ninguna mujer.

–La villa está dividida en dos residencias separadas –explicó Tina mientras guiaba a Anna hacia el ascensor–. Mi esposo, Kosta, y yo vivimos con los chicos en las habitaciones de abajo, y mi her… –ella se interrumpió y se sonrojó antes de continuar–, y otros miembros de mi familia ocupan las plantas superiores. Mi taller está en el sótano. Si quieres bajar, llevaré a los niños con la niñera y me reuniré contigo en unos minutos.

Los tres chicos corrían salvajes por el vestíbulo.

Tina no tenía un rato libre, observó Anna, cuando vio aparecer a una niña más mayor que se asomaba por la barandilla de la escalera. Cuatro hijos y una carrera de éxito como diseñadora de joyas, era una vida envidiable, pensó mientras Tina hablaba en griego con su hija.

La niña era unos años mayor que sus hermanos, pero compartía los ojos oscuros y los negros y sedosos rizos. Era muy guapa, pero parecía algo tímida comparada con los niños, y contempló a Anna con curiosidad durante unos segundos antes de volver a subir las escaleras.

–El ascensor te llevará al sótano, donde Fabien te espera –murmuró Tina, que de repente parecía tensa. Anna pensó que sería por sus ansias de empezar a trabajar. La sesión de fotos debía de costarle una fortuna y, para un pequeño negocio como Theopoulis Jewellery Design, el tiempo era oro.

Tal y como había dicho Tina, Fabien Valoise ya había llegado y transformado el estudio de diseño en un estudio fotográfico mientras esperaba a la maquilladora, el peluquero y la estilista.

–Anna, me alegro de verte, *chérie*. ¿Cómo estás? –la saludó cariñosamente Fabien.

–Fabien, yo también me alegro de verte –Anna sonrió tímidamente al fotógrafo–. Estoy bien.

–Algo me dice que mientes, *ma petite* –Fabien la contempló con ojo experto antes de acercarse para darle un par de besos en las mejillas–. Has adelgazado desde la última vez que trabajé contigo. ¿Estás enferma o enamorada?

–¿No es una cosa motivo de la otra? –preguntó Anna amargamente.

–¿Quieres hablar de ello o simplemente necesitas un hombro sobre el que llorar? –preguntó el francés con simpatía.

–Ninguna de las dos cosas… podré soportarlo –contestó Anna–. ¿Nos ponemos a trabajar?

–Un par de fotos más, *chérie*. Mira a tu izquierda y levanta un poco la barbilla. Perfecto. Ahora mira directamente a la cámara.

Anna siguió las instrucciones de Fabien. Llevaban varias horas de trabajo y las luces del estudio le daban sed, pero sabía que Fabien odiaba las interrupciones y decidió aguantarse.

Tina Theopoulis era una artista muy dotada y Anna estaba impresionada por cada pieza diseñada por ella. Pero la colección nupcial, compuesta por un collar de oro blanco y diamantes y unos pendientes largos era excepcional. Casi merecía la pena correr el riesgo de casarse aunque solo fuera por unos diamantes como esos, pensó con cinismo mientras contemplaba el vestido de seda que el estilista había elegido para llevar con esas joyas.

–De acuerdo, *chérie*, vamos a hacer un descanso –murmuró Fabien.

Anna suspiró de alivio y estiró sus doloridos músculos, pero al levantar la cabeza le llamó la atención una figura que la observaba desde el otro lado de la habitación. Le dio un vuelco el corazón y sintió un mareo. Tenía que ser su imaginación. No podía ser Damon. Ese fue su último pensamiento consciente antes de desmayarse.

Al abrir los ojos su rostro estaba apoyado contra unos fuertes músculos.

–¿Damon? –susurró al reconocer su rostro.

–¿Quién esperabas que fuera? –preguntó mientras la miraba furioso.

–Desde luego tú no. Eres la última persona que esperaba o quería ver. ¿Adónde me llevas? –preguntó ella al ser consciente de que estaban en el ascensor a punto de salir a una habitación con el suelo de mármol y unos enormes ventanales por los que entraba el sol.

Damon atravesó la habitación, con ella en brazos, sin prestar atención a sus protestas.

–¿Quieres soltarme? No tienes ningún derecho a... a manejarme –gritó, y se quedó sin aliento cuando él la dejó caer sobre uno de los sofás colocados bajo la ventana principal–. ¿Cómo te atreves a interrumpir mi sesión de fotos? –ella se sentó con las mejillas rojas de ira–. Se supone que trabajo para Tina Theopoulis, ¿qué pensará ella? ¿Y qué haces tú aquí? ¿Sabías que vendría?

–Por supuesto. Me ha costado dos semanas de acoso a tu agente para organizar la sesión –gritó.

Estaba inclinado sobre ella, grande y poderoso, y a Anna se le contrajo el corazón mientras las lágrimas afloraban a sus ojos. Para ser una mujer que había jurado no llorar nunca por un hombre, ya había derramado bastantes lágrimas para llenar el océano y se odiaba por su debilidad.

Nada la horrorizaba más que la idea de convertirse en la mujer que fue su madre y desperdiciar su vida y sus emociones con un hombre que no se lo merecía. Pero había echado tanto de menos a Damon durante el último mes que cada día sin él era más agónico que el anterior. ¿Cómo había podido ser tan estúpida como para enamorarse de él? Esa última idea era tan aterradora que se levantó de un salto, pero él la volvió a sujetar con fuerza y la sentó en su regazo.

–¿Qué has querido decir con que organizaste la sesión fotográfica? –preguntó mientras evitaba mirarlo a la cara. Estaba demasiado cerca. Ella sentía el calor que emanaba de él y el familiar aroma de su colonia–. ¿Eres el avalista financiero de Tina Theopoulis?

–Sí. Y además soy su hermano. Catalina, o Tina como se la suele conocer, tiene muchísimo talento, ¿no crees? –él contempló su mirada de repentina comprensión con una sonrisa y la mirada de deseo tan familiar, y tan aterradora, para Anna–. Los diamantes te sientan bien, *pedhaki mou* –murmuró dulcemente mientras deslizaba un dedo sobre el collar y antes de depositar en sus labios un breve, pero intenso, beso que la volvió loca.

El sentido común le decía que debía resistirse, pero con Damon su cerebro perdía todo su poder y ella se convertía en una criatura promiscua que buscaba el placer que su boca le producía.

Al sentir su rendición, él intensificó el beso hasta convertirlo en una fiesta de sensualidad que derribó sus barreras mentales y la obligó a aferrarse a él con la boca entreabierta bajo el exigente empuje de su lengua. Al fin él levantó la cabeza y contempló sus inflamados labios y la mirada de desesperación de sus ojos. Todavía quedaba mucho camino por andar, pero al menos ella estaba allí, en sus brazos, y esa vez estaba decidido a no dejarla marchar.

–¿Por qué te has molestado tanto en traerme hasta aquí? –gruñó Anna mientras intentaba levantarse de su regazo. Enseguida descubrió que sus intentos por escapar de él eran inútiles. Él la agarró con fuerza y la obligó a permanecer sentada.

–Quiero algunas respuestas y, como te niegas a contestar a mis llamadas, he tenido que recurrir al secuestro –dijo tranquilamente.

–¡Secuestro! No pensarás que puedes retenerme aquí contra mi voluntad –ella hizo una pausa para contemplar sus oscuros ojos que le indicaban que eso era justamente lo que pretendía hacer–. Mi agente se preguntará dónde estoy si no me pongo en contacto con ella.

–Le dije que no aceptarías ningún compromiso durante el mes que viene.

–Eres imposible. Se trata de mi carrera.

–No, nuestra relación futura es el único tema de discusión –dijo él dulcemente, lo que le hizo recibir una mirada de odio por parte de ella.

–Sí que contesté a tu primera llamada –le espetó Anna–. Me alegré al saber que la lesión cerebral de tu hija no era tan seria como se pensó al principio –ella respiró hondo mientras la verdad se hizo patente–. La niña pequeña que vi… era Ianthe, ¿verdad?

–Está muy emocionada con tu visita desde que le hablé de ti y no pudo resistirse a echar una ojeada –explicó Damon–. Dice que pareces una princesa.

–¿Por qué le has hablado sobre mí? No entiendo a qué juegas, Damon, pero es peligroso –le advirtió Anna–. La última vez que hablamos te dije que no quiero implicarme en una relación contigo ahora que sé lo de tu hija. No quiero herirla como me hirieron a mí cuando mi padre se marchó –añadió–. Ianthe necesita toda tu atención y dedicación. Tienes que estar aquí con ella y asegurarte de que sepa lo mucho que la quieres. Tienes que protegerla, y no podrás hacerlo si viajas constantemente entre Londres y Atenas mientras intentas mantener una relación conmigo.

Ella se pasó la mano por el rostro, sorprendida de que estuviera mojado. Damon estaba callado y ella percibió la tensión en él mientras la obligaba a ladear la cabeza para mirarla a los ojos.

–Ianthe no duda de mi amor por ella. Daría mi vida por mi hija. Tu padre no te protegió, ¿verdad, Anna? ¿De eso se trata?

–No sé a qué te refieres –mintió Anna mientras Damon le enjugaba tiernamente las lágrimas.

–Hablé con tu madre.

–¿Que hiciste *qué*? –Anna abrió los ojos desmesuradamente–. ¿Cómo te has atrevido a acosar a mi familia? ¿Cómo la has encontrado?

–Para mi detective privado fue relativamente sencillo descubrir que vivía en Francia con su tercer marido –explicó Damon–. No le conoces, ¿verdad? Tu madre no puede ocultar su desilusión porque no les hayas visitado –hizo una pausa y añadió–: Parece un hombre decente.

–Bien –murmuró Anna mientras recordaba las promesas hechas a su madre sobre visitarla en Francia, y las excusas en el último momento para no ir.

–Mucho mejor que su segundo marido –dijo Damon.

No sabía cómo iba a reaccionar ella y le sorprendió la violenta lucha de Anna por despegarse de él. La angustia de sus ojos azul marino le dijo lo que ya sospechaba, pero tenía que obligarla a enfrentarse a sus demonios.

–¿Sabías que Philip Stone cumplió condena por consumir pornografía infantil en su ordenador? Ya suponía que no –dijo Damon cuando Anna negó en silencio–. Tu madre lo abandonó tras su arresto. Para entonces tú ya te habías marchado de casa y nunca te contó la verdad sobre él. Pero tú ya sabías cómo era, ¿verdad, *pedhaki mou*?

Ella se quedó en silencio tanto rato que él temió que no fuera a contestar, pero de repente alzó la vista. La desolación de su mirada hizo que a él se le encogiera el corazón.

–Solía mirarme. Constantemente. Dondequiera que estuviera, allí estaba él mirándome. Al principio pensé que era mi imaginación. Pero entonces empezó a decirme cosas, a hacer comentarios personales sobre cómo se desarrollaba mi cuerpo. No me gustaba, pero únicamente lo hacía cuando estábamos solos.

–¿Por eso nunca le dijiste nada a tu madre? –preguntó Damon con dulzura.

–Sabía que Phil lo volvería contra mí. Y mi madre era feliz. Por primera vez desde que mi padre nos dejó, y después de años de verla llorar todo el tiempo, ella reía. No podía destruir esa felicidad. Habría hecho cualquier cosa por verla sonreír, y mi padrastro lo sabía. Entonces fue cuando empezó a intentar tocarme –reveló ella con un gesto de repulsión–. No es que abusara de mí sexualmente, pero solía frotarse contra mí, como si fuera por accidente, y se deleitaba explicándome con todo lujo de detalles, exactamente lo que le apetecía hacerme.

–¿Dónde estaba tu padre mientras sucedía todo eso?

–Estaba ocupado con su nueva esposa y familia – contestó Anna–. Apenas tenía contacto con él y tenía miedo de que me acusara de crear problemas para llamar su atención.

–De modo que el hombre que tendría que haberte protegido te falló –murmuró Damon.

A pesar del sol del atardecer que entraba por la ventana, Anna estaba helada. Era la primera vez que hablaba sobre el trauma sufrido a manos de su padrastro.

–Philip me hizo sentir sucia –admitió con voz ronca–. Me hizo creer que el sexo era repulsivo y, aunque una parte de mí sabe que no es cierto, todavía oigo su voz en mi interior. Cuando me tocas e intentas hacerme el amor, me imagino sus manos sobre mi cuerpo y no soporto la idea de que está por ahí, en alguna parte, pensando esas asquerosidades sobre mí.

–Pero ya no lo está, *pedhaki mou* –Damon se puso en pie y la tomó entre sus brazos. De inmediato ella se puso tensa, pero él la sujetó contra su pecho y acarició sus cabellos–. Philip Stone murió en un accidente de coche hace dos años. Él nunca podrá volver a hacerte daño.

Capítulo 10

ANNA, ¿estás despierta?

Anna abrió los ojos, sorprendida por la vocecita que la llamaba, antes de recordar dónde estaba.

—Pasa, Ianthe —murmuró mientras sonreía somnolienta.

—Papá dijo que no te despertara —admitió temerosa la hija de Damon—. Pero hoy vamos a Poros y ya no puedo esperar más —la niña saltó a la cama con los oscuros ojos brillantes de emoción—. Será genial. Iremos en el barco de papá y, cuando lleguemos a la isla, podremos nadar en el mar. Vendrás a nadar conmigo, ¿verdad?

—Por supuesto —prometió Anna—. En cuanto me duche estaré lista. ¿Qué hora es?

—Casi las nueve —dijo Ianthe—. Quise despertarte antes, pero papá dijo que estabas cansada porque a veces tienes pesadillas —saltó de la cama y siguió a Anna hasta el cuarto de baño—. Yo solía soñar con un monstruo, pero papá me dijo que no tuviera miedo porque él lo echaría. ¿Tú sueñas con monstruos, Anna?

—Antes sí —dijo Anna—. Pero tu papá también echó a los míos.

—Papá es el mejor —dijo Ianthe con tal adoración en la voz que conmovió a Anna. Recordaba cuando ella pensaba lo mismo de su propio padre, y cómo se sintió cuando él la abandonó.

Damon no se parecía a su padre, reconoció. Nunca abandonaría a su hija. Llevaba en Grecia una semana y era evidente que la hija de Damon era feliz, equilibrada y que confiaba en el amor de su padre.

Ianthe siempre sería la prioridad de Damon y Anna lo admiraba y respetaba por ello. Ella nunca se sentiría celosa de su amor por la niña, pero el fantasma de la esposa muerta era otra cosa.

—¿Tardarás mucho en ducharte? —preguntó Ianthe con una impaciencia mal contenida.

—Cinco minutos como mucho —le aseguró Anna—. ¿Dónde está tu papá?

—Nos espera en la terraza. Le diré que estás casi lista —Ianthe salió de la habitación mientras lanzaba una última súplica—. ¡Date prisa, Anna!

Diez minutos más tarde, Anna estaba duchada y vestida. Estaba casi tan excitada como Ianthe por la excursión, y se dirigió al ascensor tras aplicarse un poco de maquillaje y unas gotas de su perfume preferido.

Al descubrir la muerte de Philip Stone, se sintió conmocionada. Le costaba aceptar que el hombre que le había provocado tanto dolor y angustia mental se había marchado para siempre.

Aunque no había visto a su padrastro desde hacía años, la idea de que siguiera fantaseando con ella le repugnaba. La noticia la había liberado de su condena, y las barreras mentales que la impedían mantener una relación sexual desaparecían poco a poco.

A medida que avanzaba la semana, ella fue consciente de haber enterrado el pasado y miraba al futuro con renovado optimismo. La idea de hacer el amor con Damon ya no la aterrorizaba.

Pero, para su frustración, él no había hecho ningún

intento de llevarla a la cama. Al principio, ella pensó que quería darle tiempo para asimilar la muerte de su padrastro. Cada noche la acompañaba hasta su dormitorio y la besaba hasta dejarla aturdida de deseo, y antes de desearle buenas noches y marcharse a su propia habitación.

A medida que pasaban los días, y las noches, ella sentía cada vez más dudas y se preguntaba si su aparente reticencia a avanzar en su relación no sería por otro motivo. La esposa de Damon estaba muerta, pero su recuerdo no. Cada estancia de la villa estaba decorada con obras suyas, unos cuadros y unas exquisitas esculturas, reflejo del enorme talento de Eleni.

Anna pensaba en lo trágico de la muerte de una mujer guapa, joven y con talento, que tenía tanto por lo que vivir. Era normal que Damon hubiera estado locamente enamorado de su esposa, y en Ianthe, la viva imagen de su madre, tenía un permanente recuerdo de lo que había perdido.

A cualquier mujer le costaría competir con Eleni, y ella no tenía siquiera intención de intentarlo, pensaba Anna al llegar a la terraza donde Damon esperaba sentado a la sombra de la pérgola.

—Buenos días, Anna, ¿has dormido bien?

Damon levantó la vista del periódico y la miró con aprobación, haciendo que ella se sonrojara. A pesar de ser una de las mujeres más fotografiadas del mundo, tenía poca confianza en sí misma y no podía evitar pensar que desmerecía al lado de la exótica belleza de Eleni.

—Demasiado bien —murmuró a modo de disculpa. Por primera vez en años era capaz de dormir sin miedo a las pesadillas—. No sabía que fuera tan tarde, pero ya estoy lista —añadió sonriente al ver aparecer a Ianthe.

—Bien, nos marcharemos en cuanto desayunes.

–Pero si no tengo hambre –dijo ella rápidamente.

–Pues no vamos a ninguna parte hasta que hayas comido, *pedhaki mou* –sentenció Damon.

–¿Nunca te han dicho que eres el hombre más mandón del mundo? –le espetó Anna mientras se sentaba a la mesa y sonreía a la doncella que le sirvió una taza de café.

–Nadie se había atrevido a hacerlo –admitió Damon con una sonrisa devastadora que la dejó sin aliento–. Contigo rompieron el molde, Anna *mou*.

Estaba guapísimo con sus vaqueros ajustados y su camiseta negra. Anna sintió el loco impulso de arrancarle el periódico de las manos y besarlo en la boca de una forma que no le dejara lugar a dudas sobre lo que ella deseaba.

Pero no era el momento indicado, admitió, ni tampoco el lugar, con Ianthe por ahí. Se obligó a concentrarse en un trozo de naranja, pero al levantar la vista, se quedó parada ante la hambrienta mirada de Damon, antes de que cambiara de expresión.

A lo mejor su corazón pertenecía a Eleni, pero lo que no podía negar era que la deseaba a ella. La idea hizo que se acalorara, consciente de que sus pechos se habían endurecido y que sus pezones presionaban su top de algodón. Por sentido común, no debería acompañarles a Poros. Pero el sentido común nunca había triunfado sobre el amor.

Tras semanas de intentos desesperados por ocultar sus sentimientos, ya no podía negar la verdad. Amaba a Damon y, aunque sabía que debería marcharse mientras su corazón estuviese aún intacto, la idea de separarse de él era insoportable. Además, había que pensar en Ianthe.

Desde el instante en que Damon las había presentado, ella se había sentido unida a la niña. La inocencia de la sonrisa de Ianthe había devuelto a su mente la pérdida de su propia infancia a manos de su padrastro.

Haría cualquier cosa que estuviera en su mano para proteger a esa niña, pero la asustaba el hecho de que Ianthe hubiera llegado a significar tanto para ella en tan poco tiempo.

–¿Quieres otra raja de melón, Anna? –la voz de Ianthe interrumpió sus pensamientos.

–No, gracias, ya he desayunado bastante, y ya me habéis esperado bastante tiempo. ¿Crees que convenceremos a tu papá para que nos lleve en su barco? –Anna le guiñó un ojo de complicidad a la niña y acercó el plato vacío a Damon–. ¿Satisfecho?

–Aún no, *pedhaki mou*, pero conservo las esperanzas –contestó con un brillo en los ojos que hizo que una oleada de calor inundara las venas de Anna.

Era un demonio, pensó ella mientras se ponía en pie y rezaba para que Ianthe no hiciera ningún comentario sobre sus mejillas rojas. Ya no podría resistirse a él mucho más y quizás en Poros, lejos de esa casa convertida en el mausoleo de la esposa muerta, no tendría que hacerlo.

Tres días después, Anna estaba dispuesta a creer que había muerto y ascendido al cielo. La isla de Poros era un paraíso verde de aguas azules a no más de una hora en barco de Atenas. El lugar de descanso de Damon era una granja colgada de una colina que dominaba toda la isla y el mar.

Anna adoraba la sencillez de la casa, cómoda, pero sin pretensiones, con fríos suelos de piedra y paredes encaladas. A diferencia de la villa de Atenas, no había empleados y ella disfrutó con la intimidad de preparar las comidas junto a Damon mientras Ianthe ponía la mesa.

Anna reconoció que jugar a la familia era mucho mejor de lo que se había imaginado, pero no era más que un juego. En pocos días volverían a Atenas porque Damon no podía alejarse indefinidamente de sus negocios, y ella tampoco. Tenía compromisos firmados en Australia y el Lejano Oriente, compromisos que debía cumplir.

Tras emitir un suspiro, cerró el libro y se puso boca abajo. Había pasado la mañana en la playa con Ianthe mientras Damon trabajaba un par de horas con su ordenador portátil. El calor del sol de mediodía empezaba a adormecerla y el sonido de las olas resultaba hipnotizador.

–Espero que lleves suficiente protección solar –la voz familiar sonó en sus oídos al tiempo que algo frío caía sobre su espalda. Con un grito de sorpresa, ella abrió los ojos y encontró a Damon arrodillado junto a ella con un frasco de crema en la mano.

–Puedo hacerlo yo sola –murmuró ella sin aliento mientras sus sentidos cobraban vida ante el contacto de las manos de él sobre su piel.

–Pero no tienes por qué, *pedhaki mou*, cuando yo estoy encantado de hacerlo por ti –dijo Damon–. No te muevas, que no quiero mancharte el bikini con la crema –dijo mientras soltaba hábilmente el cierre de la parte de arriba del bikini.

–¡Damon!

Las manos de él recorrieron su espalda hasta que alcanzaron sus pechos. Durante una fracción de segundo, ella estuvo tentada de girarse para que pudiera agarrarlos con sus grandes manos. Quizás él acariciaría sus pezones o incluso cubriría uno de ellos con su boca.

El calor se acumulaba entre sus muslos y ella ardía de deseo. ¿Tendría él la menor idea de lo que le estaba haciendo? Ella abrió los ojos y percibió, con cierta satisfacción, el reflejo del hambre salvaje en los suyos.

No era ella la única en sentir ese desesperado deseo. La química sexual que ardía entre ellos desde su llegada a Poros había alcanzado el punto de combustión, pero la playa era pública e Ianthe estaba cerca.

–Esto es el infierno, ¿verdad? –murmuró Damon mientras le abrochaba de nuevo el bikini con manos ligeramente temblorosas–. Menos mal que el agua está helada. Supongo que habrás notado que paso mucho tiempo en remojo intentando exorcizar mis deseos más primarios.

Anna se sentó y lo miró a los ojos. La paciencia y sensibilidad que había demostrado con ella desde que le había hablado de su padrastro era conmovedora. Él nunca le haría daño, por lo menos no físicamente. Emocionalmente era otra cosa. Él no la amaba, ni lo haría jamás, pero le importaba, de eso estaba segura. Ella significaba más para él que cualquiera de sus anteriores amantes, y lo demostraba el hecho de que le hubiera presentado a Ianthe y al resto de su familia.

Había jurado que no la metería prisa y allí, en Poros, donde pasaban cada minuto del día anhelándose, él no dejaba de esperar una señal por parte de ella para iniciar una relación física.

El amor la había atrapado. Ella no quería amarlo, se había pasado la vida pendiente de no repetir los mismos errores de su madre y de no exponerse a la angustia del rechazo. Pero el amor, según había descubierto, tenía su propia voluntad.

Si le abandonaba, dejaría con él su corazón. Hacía años que se había marchado de casa y había planificado con detalle su vida, hasta que Damon irrumpió en ella, pero ya no le daba miedo admitir que le necesitaba.

Él sería su primer y único amante. Ningún otro hombre se le acercaba. Había llegado el momento de arriesgarse, de vivir el presente, y dejar de mirar hacia el futuro más o menos lejano, al día en que, casi inevitablemente, se separarían.

–Se me ocurren varias otras maneras de exorcizar esos demonios, Damon –dijo ella impulsivamente con una pícara sonrisa–, y ninguna de ellas te obliga a nadar en el mar helado.

–¿Te importaría darme más detalles, *pedhaki mou*? –dijo él tras recuperar el aliento.

La boca de él estaba a escasos milímetros de la suya, y Anna emitió un leve gemido mientras salvaba la distancia y atrapaba sus labios en un beso que a él le llegó al alma. Por primera vez, Anna no se reprimió. No quería que hubiera dudas o malentendidos y respondió a la lengua de él con los labios entreabiertos para dejarla entrar.

La pasión estalló entre los dos con la violencia de una llama junto a la yesca. Ella escuchó a Damon murmurar algo en griego antes de abrazarla contra su pecho. Con una mano, él acariciaba sus cabellos mientras que con la otra subía y bajaba por su espalda con las caderas pegadas a las suyas, haciendo dolorosamente evidente la fuerza de su erección.

Cuando ella pensaba que no aguantaría más y que iba a suplicarle que la hiciera suya, él aflojó la presión de su boca hasta que el beso no fue más que una suave caricia sobre sus labios.

–¿Estás segura, Anna? –preguntó con voz ronca, reflejo del esfuerzo por controlarse–. No tenemos prisa. Puedo esperar…

–Pero yo no puedo –le interrumpió ella con un dedo apoyado en sus labios–. Te deseo, Damon. Cuando me animaste a contarte lo sucedido con mi padrastro, y luego me aseguraste que nunca más me haría daño, ni a mí ni a ninguna otra chica, me liberaste. Ya no me siento sucia o avergonzada. Me siento bella porque tú haces que me sienta bella. Quiero agradecértelo –susurró ella mientras le rodeaba el cuello con los brazos. Pero Damon la agarró por las muñecas.

–No tienes que agradecérmelo, y desde luego no así –dijo él contrariado–. Cuando hagamos el amor, quiero que sea porque te mueras de hambre por tenerme, no porque sientas que me debes el placer de tu cuerpo para saldar una deuda.

La profundidad de su mirada hizo que ella sintiera el corazón oprimido de amor. Aunque su cuerpo temblaba de deseo, él seguía dispuesto a protegerla. Ella tuvo que morderse el labio inferior para evitar confesarle lo mucho que significaba para ella y acarició con una mano su pecho y el estómago, hasta que llegó a la cinturilla del bañador.

–Tengo hambre ahora, Damon –susurró provocativamente mientras escuchaba un gemido que emanaba de la garganta de él. Su rostro era una máscara en la que el deseo se reflejaba en cada ángulo.

–Tienes un horrible sentido de la oportunidad, Anna *mou* –bromeó él. La brisa les llevó la voz de Ianthe y Anna observó cómo el deseo de su mirada era sustituido por una franca diversión.

–¿Cuándo comemos, papá? Me muero de hambre –dijo Ianthe mientras se dejaba caer en la arena, ignorante de la tensión en el aire.

–Yo también me muero –murmuró Damon en voz tan baja que únicamente Anna lo escuchó.

De repente, el sol parecía más brillante y el mar más azul. Ella percibía claramente el olor a sal en el aire, el grito de una gaviota y el calor en la mirada de Damon.

–Tenemos mucho tiempo –susurró ella con el corazón a punto de estallar.

–Todo el tiempo del mundo –prometió él con una sonrisa que la llenó de alegría y encendió una pequeña llama de esperanza de que él sintiera algo por ella.

Después de comer disfrutaron de un paseo en barco alrededor de la isla antes de amarrar en una diminuta y desierta cala donde Ianthe podría nadar hasta la saciedad. Volvieron a la granja con la puesta de sol y Anna se duchó y se puso un vestido plisado de gasa con tirantes en tonos verdes. El color le sentaba bien a su dorado bronceado y ella contempló con satisfacción su reflejo en el espejo.

El sol había dado un tono platino a su cabello y ella se lo recogió sobre la cabeza, dejando unos mechones alrededor de su cara. El único maquillaje que necesitó fue una capa de rímel en las pestañas y un toque de brillo en los labios. Mientras se echaba un poco de perfume, llamaron a la puerta.

–Estás… preciosa –Damon se quedó en la puerta incapaz de disimular su reacción mientras se sonrojaba ligeramente, reflejo de la vulnerabilidad que residía bajo la capa de confianza.

–Gracias… tú tampoco estás mal. Dan ganas de comerte –añadió con un brillo malicioso en la mirada que hizo que Damon deseara olvidarse de la cena.

–Piénsatelo bien –suplicó él–. He pensado que esta noche podríamos salir los dos solos. Los de la casa de enfrente son viejos amigos y están encantados de quedarse con Ianthe un par de horas.

–¿Le has preguntado a Ianthe? –preguntó Anna–. Sé que ella siempre será la persona más importante de tu vida, Damon. Y así debe ser. No quiero que ella se sienta desplazada por mí. Sé lo que es eso –añadió con

voz ronca–. Creo que estaría bien que cenásemos todos juntos.

–Me dejas sin aliento, ¿lo sabías? –contestó él con ad-
miración–. Tuviste un infierno de infancia, pero en lugar
de mostrarte amargada y resentida, inviertes gran parte
de tu tiempo y tus energías en recaudar dinero para obras
de caridad infantiles. Tu paciencia con mi hija es increíble, y te doy las gracias, *pedhaki mou*– besó suavemente
sus labios y se dirigió hacia la puerta–. Será mejor que le
diga a Ianthe que se cambie. Está ansiosa por estrenar su
vestido nuevo.

Cenaron en una pequeña taberna del puerto. Anna había cenado en los mejores restaurantes del mundo, pero
nunca había disfrutado tanto de una comida como en ese
ambiente familiar. Consciente de la presencia de Ianthe,
Anna sostuvo con Damon una conversación superficial,
pero no le pasó desapercibido el mensaje más íntimo que
emitían sus ojos y cada vez se sentía más excitada. Aquella noche tenía planeado entregarse a él por completo.

–¿Te apetece más vino? –preguntó él al final de la
cena.

–Será mejor que no, me da mucho sueño.

–Entonces ni hablar, te quiero bien despierta y consciente de cada caricia, lametón y mordisco mientras te
hago el amor.

–¡Damon! –Anna dio un respingo. Ianthe se había levantado de la mesa y contemplaba los barcos en el puerto
y ella temió que les pudiera oír–. Me avergüenzas.

–Espero que no –contestó él, de repente muy serio–.
No hay nada vergonzoso o desagradable en el acto del
amor, *pedhaki mou*. Quiero honrarte con mi cuerpo y
darte más placer del que hayas conocido jamás.

–Bueno, ¿nos vamos? –las palabras de él le habían provocado un escalofrío por la columna vertebral–. Ianthe parece haber terminado y yo ya no puedo comer nada más –añadió mientras intentaba ignorar las risitas ahogadas de Damon.

Pasearon por la playa agarrados de la mano mientras Ianthe corría delante de ellos.

–Derechita a la cama, jovencita –le dijo Damon a su hija al llegar a la granja–. Dale las buenas noches a Anna.

–Me alegro de que estés aquí, Anna –Ianthe rodeó a Anna por la cintura–. Nos lo estamos pasando muy bien, ¿verdad?

–Desde luego que sí –asintió Anna–. Buenas noches, cariño, te veré por la mañana.

Damon siguió a Ianthe por las estrechas escaleras hasta su dormitorio. El dormitorio principal y el de los invitados estaban en la planta baja y Anna dudó, con el corazón desbocado, sin saber en qué dormitorio debería entrar.

–Ya estaba dormida cuando su cabeza tocó la almohada –diez minutos más tarde, Damon la encontró en el dormitorio de él contemplando el reflejo de la luna sobre el agua de la bahía.

–No me sorprende después de todo lo que ha nadado hoy –Anna se sintió menos tensa al pensar en la niña a la que cada vez quería más. Pero fue consciente de que Damon la rodeaba por la cintura para atraerla contra su pecho. Sintió sus besos por el cuello y dio un respingo cuando él la empezó a morder el lóbulo de la oreja.

–Ya te dije que los mordiscos podían ser placenteros –bromeó él mientras la obligaba a girarse–. Comprendo que la actitud de tu padrastro te haya marcado, y te doy mi palabra de que no te pediré más de lo que estés dispuesta a darme –prometió–. En cuanto quieras que pare, me lo dices y lo haré, Anna.

–Bésame, Damon –susurró ella. Ya no quería que él parase y Damon no necesitó más estímulos.

La besó en la boca y comenzó una exploración sensual que no dejaba lugar a dudas sobre cuánto la deseaba. Ella aceptó el empuje de la lengua de él contra sus labios mientras se apretaba contra sus caderas y le dejaba sentir la poderosa fuerza de su erección.

Lentamente le deslizó un tirante del vestido, y luego el otro para dejar al descubierto sus pechos. Anna no pudo reprimir un escalofrío cuando él empezó a acariciar los pezones con sus pulgares.

Ella sintió una oleada de placer y gimió cuando él la acarició con los labios desde el cuello hasta que, por fin, llegó donde ella quería que estuviera. La caricia de su lengua la volvió loca y ella sujetó su cabeza con fuerza contra el pecho cuando él se introdujo su pezón en la boca.

Cuando pasó a hacer lo mismo con el otro pecho, ella temblaba tanto que las piernas apenas la sostenían. Damon se debió de percatar de ello, pues la tomó en sus brazos y la llevó hasta la cama donde la tumbó cuidadosamente.

Anna lo miró, con los ojos muy abiertos, mientras él se desabrochaba la camisa y la tiraba al suelo. Estaba muy moreno y los músculos de su abdomen se marcaban bajo el oscuro vello. Se paró un segundo y luego empezó a bajarse la cremallera del pantalón.

Anna tragó saliva, incapaz de desviar la mirada cuando los pantalones se unieron a la camisa y él se quedó ante ella con unos calzoncillos de seda que intentaban ocultar la prominente longitud de su masculinidad.

–¿Te doy miedo, Anna? –preguntó él con voz ronca.

Ella negó lentamente con la cabeza. Estaba sobrecogida y sentía una ligera aprensión ante lo que se avecinaba, sobre todo al contemplar la prueba de su deseo por ella, pero no sentía miedo.

Ella le abrió los brazos y él se acercó a la cama. Le quitó el vestido y luego deslizó los dedos bajo la braguita. Ella lo observaba mientras él la desnudaba por completo.

–Eres tan preciosa, Anna *mou* –murmuró mientras se unía a ella en la cama y atrapaba su boca en un beso que era toda una fiesta de sensualidad.

Anna se movía nerviosa mientras él dejaba un rastro húmedo con la lengua por sus pechos y hasta su estómago, antes de detenerse en el ombligo e introducir la lengua en él. Las sensaciones eran nuevas y estremecedoras y ella sintió el calor húmedo entre sus muslos. Cuando su cabeza inició un nuevo descenso ella contuvo la respiración. No iría a…

Efectivamente, lo hizo. Con dulzura le separó las piernas y utilizó su lengua para la caricia más íntima que ella hubiera experimentado jamás. Anna gritó y le tiró del pelo para que parara.

Ella nunca pensó que algo pudiera ser tan bueno y placentero y, pasados unos segundos, se relajó, le soltó el pelo y le agarró por los hombros. Recordó los comentarios que había hecho él sobre chuparla. Ella nunca pensó que pudiera utilizar su lengua así.

Su capacidad para pensar racionalmente desapareció bajo las oleadas de sensaciones que la obligaban a arquear las caderas. El dolor en su interior superaba cualquier otra cosa y eliminaba todos los temores que su padrastro le había inculcado. Ella quería a Damon en su interior. Solo él podía calmar su desesperación.

Con un grito de frustración, ella intentó quitarle los calzoncillos. Quería sentirle empujar contra ella. Pero de repente, un agudo grito rompió la atmósfera sexual que los envolvía.

–¡Ianthe! –gruñó Damon mientras lanzaba un juramento en su idioma y se sentaba. Nunca había dejado a su hija desatendida, pero en esos momentos no le hubiera importado ignorarla.

—¡Papá, papá, ven rápido!

—Tengo que ir —dijo él secamente mientras se levantaba de la cama—. Seguramente ha sufrido una pesadilla.

Ianthe volvió a chillar y a Anna se le heló la sangre. No había olvidado la sensación de despertarse por la noche con el corazón desbocado y asediada por sus demonios. Saltó de la cama y, consciente de su desnudez, se puso la camisa de Damon.

—Por supuesto que debes ir —dijo ella mientras escuchaba los lloros de Ianthe—. Le llevaré algo de beber.

Cuando entró en el dormitorio encontró a Ianthe acurrucada en la cama y a Damon en el suelo.

—Una araña —dijo él a modo de respuesta ante su inquisitiva mirada.

—¿Ya la tienes, papá?

—Todavía no, *kyria*. Creo que se ha marchado. Seguramente la habrás dejado sorda —añadió mientras intentaba ocultar su impaciencia.

—No puedo dormir con esa cosa debajo de mi cama —aulló con lágrimas en los ojos.

—Iré a buscar la linterna y volveré a mirar —murmuró mientras salía del dormitorio y dejaba a Ianthe con Anna.

—Era así de grande —le aseguró a Anna mientras separaba las manos—. Odio las arañas y quiero irme a casa.

—Seguro que se ha marchado, cariño —Anna instintivamente rodeó a la niña con sus brazos y la acunó suavemente—. Vamos a pensar en todas las cosas que haremos mañana—. Ianthe empezó a adormecerse—. ¿Ya estás mejor? —preguntó mientras la arropaba con la sábana—. En realidad no quieres volver a casa, ¿verdad? Te encanta Poros.

–A papá también le encanta –la niña asintió–, más que ningún otro lugar del mundo, por eso trajo aquí a mamá para su luna de miel. ¿Crees que a ella le gustó, Anna?

–Seguro que sí –contestó Anna mientras intentaba controlar las repentinas náuseas que la asaltaban. A diferencia de la villa de Atenas, no había rastro de las pinturas o esculturas de Eleni en la granja. Esa era una de las razones por las que Anna había conseguido relajarse tanto allí. Para ella fue un golpe descubrir que la granja en sí era un mausoleo dedicado a Eleni.

Ianthe se durmió y Anna salió de la habitación y tropezó con Damon.

–Siento haber tardado tanto… no encontraba la maldita linterna.

–No hace falta, Ianthe se ha dormido… y yo voy a hacer lo mismo –dijo ella, sin apartar la vista del suelo. Le oyó suspirar y supo que iba a tocarla–. No lo hagas… por favor… no puedo… ahora no. Quiero irme a la cama, sola.

–Por supuesto –el tono de Damon era educado, pero su expresión sombría–. Lo siento, Anna, pero los niños a veces te necesitan en los momentos más inoportunos.

–Y aprecio tu actitud –dijo ella tras pararse ante la puerta de su dormitorio.

–¿De verdad? ¿Seguro que no me estás castigando por anteponer a mi hija? –preguntó amargamente–. Porque te guste o no, así son las cosas. Pensé que eras diferente. Que lo entenderías.

–Y lo entiendo –dijo Anna, pero su voz quedó ahogada por el sonido del portazo que dio Damon al entrar en su dormitorio.

Capítulo 11

POR AQUÍ, Anna. Una sonrisa, por favor. ¿Tienes algo que decir sobre los rumores de tu romance con el cantante Mitch Travis?

Anna dedicó una mirada de hielo a los fotógrafos, garantizada para desanimar hasta al reportero más decidido. Estaba en el aeropuerto de Sidney, vestida de diseño. Iba exquisitamente maquillada, con los labios cubiertos de un brillo rosa pálido y el pelo recogido en un moño sobre la cabeza. El efecto final era el que buscaba: era la elegante y altiva princesa de hielo que jamás revelaría a los reporteros que su corazón se rompía en pedazos.

En el mostrador de facturación les dedicó otra mirada de desdén antes de salir por la puerta de embarque seguida de sus ayudantes. Las últimas tres semanas en Australia habían sido un infierno, pero no por culpa del país o sus gentes.

Daría cualquier cosa por estar de vuelta en Poros con Damon, pero tras su amarga despedida, era poco probable que quisiera volver a verla.

Después de la interrupción de Ianthe, Anna había pasado el resto de la noche luchando entre la desesperada necesidad de llamar a la puerta del dormitorio de Damon y la amargura de saber que jamás podría competir con el fantasma de la esposa muerta.

Poros siempre sería un lugar especial para ella y Damon, al menos eso creía, una isla paradisíaca donde habían pasado un maravilloso tiempo juntos y donde habrían consumado su amor por primera vez. Aunque no había sido así.

Le había dolido sobremanera descubrir que él ya lo había hecho todo allí antes. Sin duda había comido con Eleni en la taberna del puerto, y juntos habrían explorado las playas y cuevas de la isla. ¿Habrían hecho el amor por primera vez en el dormitorio principal de la granja? En la misma cama donde ella había estado tan ansiosa por entregarse a él. Incluso puede que, mientras le hacía el amor, pensara en su luna de miel y se imaginara que era a Eleni a quien tenía en sus brazos.

Los celos eran un veneno corrosivo que había consumido gran parte de la vida de su madre. Pero ella no iba a permitir que le sucediera lo mismo. Y se moriría si Damon empezaba a perder interés por ella.

Ella lo amaba tanto que la idea de que simplemente mirara a otra mujer la destrozaría. Se convertiría en una persona posesiva y obsesiva, como su madre. La única solución era alejarse de él mientras todavía conservaba la fuerza de voluntad para hacerlo.

A la mañana siguiente, cuando ella mintió diciendo que habían adelantado la fecha del trabajo en Australia, Damon no se molestó en ocultar su ira.

–No puedes marcharte sin más –dijo furioso, sabedor de que Ianthe lo oiría–. Sea cual sea el motivo del cambio en tus sentimientos hacia mí, no dejaré que te marches.

–No podrás impedírmelo –contestó ella sin hacer caso de la súplica silenciosa que reflejaba su mirada–. Se trata de mi trabajo, Damon, de mi carrera, y eso siempre será prioritario para mí, como Ianthe lo es para ti.

–¿De eso se trata? –preguntó él mordazmente–. ¿Me reprochas el hecho de que tenga una hija después de haber pasado estos días con nosotros?

–No lo hago. Eso es una tontería. Sé lo mucho que la quieres y… yo también le tengo cariño.

–¿Y por qué te empeñas en herirla? Porque no te limitas a abandonar Poros, ¿verdad que no, Anna? Me dejas para siempre. Huyes de nuestra relación.

–Sinceramente no creo que podamos tener una relación –le espetó Anna–. Lo más que podremos tener será un breve encuentro cuando nuestras agendas lo permitan. No quiero vivir así, Damon, y por eso he decidido darlo por terminado ahora.

Durante un instante, él pareció completamente aturdido. Su rostro era macilento y el tormento que reflejaban sus ojos sembró las primeras dudas en Anna. A lo mejor sí que le importaba. A lo mejor ella estaba equivocada.

–¿Tienes alguna otra sugerencia? –preguntó ella, sabedora de que era ridículo pedirle a él cualquier clase de compromiso.

–Para empezar, podrías dejar tu carrera de modelo, o por lo menos reducir tus compromisos. No necesitas trabajar, *pedhaki mou*. Yo me ocuparé de ti –murmuró él mientras la rodeaba con sus brazos y la atraía hacia sí.

Durante una fracción de segundo, Anna estuvo tentada de apoyar la cabeza en su pecho y aceptar, dejar que él se ocupara de su vida. Sabía que lo haría. Sin duda la instalaría en un elegante apartamento en Atenas, a una distancia cómoda de su casa, donde podría reunirse con ella varias veces por semana, incluso acercarse durante la hora de la comida para un encuentro amoroso rápido. El sentido común enseguida tomó el mando y ella se despegó de él.

–¿Esa es tu idea del compromiso? ¿Que yo abandone todo aquello por lo que he luchado? Lo siento, Damon, pero nunca dejaré mi carrera ni mi independencia económica por un hombre, ni siquiera por ti.

En ese momento él claudicó mientras ella se despedía dolorosamente de Ianthe y evitaba el tema de su vuelta. Durante el recorrido hasta el puerto, él se mantuvo en silencio, pero cuando ella ya estaba a punto de subirse al ferry, él la sujetó por los hombros y le puso una mano bajo la barbilla para obligarla a mirarlo.

–Esto no ha terminado, Anna –dijo con rabia–. No sé qué quieres de mí. Sospecho que ni tú misma lo sabes, pero cuando lo hayas decidido, te estaré esperando.

Antes de que ella pudiera reaccionar, él la besó en la boca. Fue un beso salvaje y posesivo que exigía ser correspondido. Anna se aferró a él desesperadamente, mientras se le partía el corazón en mil pedazos. ¿Cómo podía decirle que sabía exactamente lo que quería de él cuando era lo único que él no podía darle?

Su corazón pertenecía a esa preciosidad griega que había dado a luz a su hija. Había elegido a Eleni como esposa y años después de su muerte, seguía rodeado de sus obras de arte como si fuera incapaz de dejarla marchar.

Ella sería siempre la segunda. Y aunque lo amaba más que a su vida, no podía aceptarlo.

El vuelo a París pareció eterno. Anna se alegró de poder viajar en primera clase, que ofrecía mucha más comodidad para sus largas piernas. La primera clase era uno de los privilegios de su carrera, aunque durante las tres últimas semanas ella había llegado a la conclusión de que sería capaz de sacrificar su preciosa carrera por el amor de Damon.

En el aeropuerto de París alquiló un coche y pasó unas horas infernales buscando la apartada residencia de su madre en el norte de Francia. Cuando llegó a la casa rural que su madre compartía con su tercer marido, ya era casi de noche.

Damon había dicho que Charles Aldridge era un hombre decente, y ella esperaba, por el bien de Judith, que fuera cierto. No había tenido mucho contacto con su madre durante los últimos cinco años, pero su corazón estaba hecho trizas y necesitaba alguien con quien consolarse.

–¡Anna! ¿Qué haces aquí? No es que no seas bienvenida, claro está –balbuceó Judith Aldridge al abrir la puerta–. Es maravilloso poder verte, querida. Casi había perdido la esperanza de que vinieras a verme –dijo mientras agarraba la mano de Anna y la conducía hasta la casa–. Tienes que conocer a Charles. Está en el jardín, le llamaré –al rato volvió y sonrió alegremente a Anna–. Supongo que te ha traído ese encantador hombre tuyo. Me prometió que intentaría convencerte para que nos hicieras una visita. ¿Dónde está?

–¿Qué hombre? –preguntó Anna contrariada.

–Damon, por supuesto –contestó su madre en un tono que indicaba que no podría haber otro hombre en la vida de Anna–. Estaba tan preocupado por ti cuando vino hará un mes. Y fue tan amable cuando le hablé de mi divorcio de tu padre. Parecía entender cuánto te había afectado –de repente se quedó atónita ante las lágrimas que descendían por las mejillas de Anna–. ¿Qué sucede, cariño? ¿Habéis reñido? Seguro que se podrá arreglar. Damon te quiere muchísimo.

–No es verdad –gimió Anna, incapaz de ocultar más su angustia–. Sigue enamorado de su primera esposa. Su casa está llena de recuerdos de ella. Incluso

me llevó al lugar donde pasaron su luna de miel. Ella
era preciosa e inteligente y yo no puedo competir con
su recuerdo.

—No seas boba. No creo que tengas que competir
con nadie —dijo Judith con firmeza mientras la abrazaba—. Puede que no haya tenido mucho éxito en la
elección de mis dos primeros maridos y puede que te
sorprenda, pero Philip Stone no era el hombre encantador que pensé al principio —dijo ella, sin percibir el
dolor que apareció en el rostro de Anna—. Pero reconozco el amor cuando lo veo, y lo vi en los ojos de
Damon cuando hablaba de ti —aseguró—. Ahora ven a
comer algo. Estás demasiado delgada, y no creo que
te estés alimentando bien. Después podrás darte un
baño y meterte en la cama. Mañana verás las cosas
mejor. No sé nada sobre la primera esposa de Damon, pero estoy segura de que eres la mujer a quien
ama.

—Creo que he cometido un terrible error —dijo Anna
mientras se tapaba la cara con las manos—, pero tengo
tanto miedo de volverme celosa y posesiva como… —se
paró en seco, avergonzada.

—Como lo era yo —Judith terminó la frase por ella—.
Anna, hay tantas cosas que debí haberte explicado —
añadió con tristeza—. Durante gran parte de mi vida, he
sufrido de trastornos depresivos que, afortunadamente,
están controlados con medicación. Pero durante muchos años luché yo sola con mis sentimientos —admitió—. Hubo un momento, cuando eras pequeña, en que
me volví paranoica y obsesiva, y tu padre no lo soportó. La verdad es que eché a Lars de mi vida, pero
hasta años más tarde no acepté, gracias al apoyo de
Charles, que yo fui en parte responsable del fracaso de
mi primer matrimonio.

Judith se enjugó las lágrimas con una mano temblorosa. El gesto conmovió a Anna al reconocer la fragilidad de su madre. No era de extrañar que hubiera sido un objetivo fácil para Philip Stone.

Todo el resentimiento acumulado contra su madre por su parte de culpa en lo sucedido con su padrastro se esfumó. Judith pensaba que hacía lo mejor para su hija al proporcionarle una figura paterna, sin saber que el hombre elegido era un monstruo. Si supiera lo que Anna había sufrido por culpa del alegre tío Phil, la destrozaría.

Anna se juró que jamás se lo diría a su madre. Pertenecía al pasado. Phil estaba muerto y ya no podía hacerle daño. Damon era la única persona que conocía su secreto y la que había logrado que ella superara sus miedos. Damon había mostrado una paciencia infinita con ella y una gran sensibilidad, pero ella lo había despreciado.

–Tengo que volver a Grecia –murmuró. No sabía si era amor lo que Judith había visto en los ojos de Damon, pero ya no le importaba. Las últimas tres semanas sin él habían sido tan horribles que ella estaba preparada para tragarse su orgullo y admitir que lo amaba.

Damon siempre amaría a Eleni, pero no podía hacerle el amor a un recuerdo.

–Lo siento, mamá, pero no puedo quedarme. Volveré pronto. Tengo que volver con Damon y…

–Y decirle que lo amas –dijo su madre con dulzura–. Supongo que no servirá de nada que intente convencerte de que te quedes hasta mañana, de modo que te llevaré al aeropuerto.

Las oficinas de Kouvaris Construction estaban en el centro de Atenas. Anna pasó del calor de la tarde al frío del interior del edificio. El corazón le latía con fuerza mientras se dirigía al ascensor.

Sabía, por la hermana de Damon, que el despacho estaba en la última planta. Tina también le había advertido de que el humor de su hermano era pésimo desde su vuelta de Poros y que pensaba que ella era la única capaz de hacerle sonreír de nuevo.

Eso parecía poco probable, pensó Anna mientras el ascensor se paraba en la última planta. Tenía cuidadosamente ensayado lo que iba a decir, pero llegado el momento su confianza se esfumaba poco a poco.

Respiró hondo y sonrió a la elegante mujer que supuso era la secretaria de Damon mientras se dirigía al despacho. La mujer dijo algo en griego, seguramente algo referente a que Damon no quería ser molestado, pero Anna la ignoró y abrió la puerta.

Él parecía cansado y extrañamente abatido. No quedaba señal alguna de su habitual arrogancia, pensó ella mientras sentía su cuerpo reaccionar instintivamente a su masculinidad. Él debió de oír el sonido de la puerta, pero ni siquiera se molestó en levantar la vista mientras emitía un seco comentario en griego.

–Hola, Damon.

Ella no sabía qué esperar y le asustó la mirada de dolor salvaje de sus ojos antes de ocultar sus emociones. Durante unos segundos, ella había leído en su corazón y sintió que le flaqueaban las piernas.

–Anna. Qué… agradable sorpresa –dijo fríamente–. ¿Qué haces aquí? –era típico de Damon saltarse los rodeos e ir directamente al grano.

–¿No lo adivinas? –preguntó ella.

–Hace tiempo que dejé de intentar adivinar lo que pasaba por tu cabeza. ¿Por qué no me lo dices y así nos ahorramos tiempo los dos? –se reclinó en el asiento y

la contempló descaradamente, como un sultán que ins-
peccionara a su última concubina.

Anna lo miró tranquilamente a los ojos. Su falda
era más corta de lo habitual y mostraba sus largas y finas piernas envueltas en unas medias negras. Ella observó fascinada el rubor que aparecía en las mejillas de
Damon mientras sus ojos se deslizaban hasta sus talo-
nes.

El deseo, esa feroz química que siempre había exis-
tido entre ellos, brillaba en sus ojos. Al menos era
algo, pensó ella. La pasión era una emoción tan fuerte
como el amor y, si hacía falta, la utilizaría para atarle a
ella hasta que él ya no supiera dónde terminaba la pasión y empezaba el amor.

–A lo mejor esto te da alguna pista sobre el motivo
de mi visita –ella atravesó la habitación mientras se
desabrochaba la chaqueta y la dejaba caer al suelo. No
llevaba nada debajo, salvo un sujetador negro. Se echó
el pelo atrás y oyó a Damon respirar hondo, aunque su
expresión seguía impasible.

Con estudiada lentitud, ella se bajó la cremallera de
la falda y movió las caderas para que se deslizara por
sus muslos. Le resultaba increíblemente liberador des-
hacerse de las capas de ropa una a una. Damon la había liberado de la idea de que su cuerpo era pecami-
noso. Estaba orgullosa de sus pechos y su fina cintura,
así como de sus infinitas piernas y del calor de la mirada de él, reflejo del placer que sentía al contemplar
sus curvas.

–Muy bonito –dijo él en tono de suprema indiferencia–. Tu amante australiano es un chico con suerte.

–¿Quién? –Anna lo miró aturdida.

–Midge, o como quiera que se llame. Ese insecto de
pelo largo y ojos de cucaracha.

–Te refieres a Mitch Travis, el cantante del más famoso grupo de música pop de Australia –Anna sacudió la cabeza–. ¡Estás celoso!

Damon ni siquiera se dignó a responder, pero la ira de su mirada debería haber bastado para que ella saliera huyendo.

–Para tu información, me senté junto a Mitch en la presentación de una película y la prensa inmediatamente se inventó la historia de que estábamos liados. En mi mundo sucede constantemente.

–No me gusta tu mundo –gruñó Damon con una actitud muy griega.

–No pasó nada –le aseguró ella con alegría. Él estaba celoso y eso tenía que significar algo–. El único hombre que deseo eres tú.

Ella se inclinó hacia delante y tiró de su corbata para atraerlo mientras buscaba sus labios con renovada confianza. Durante unos tensos segundos él permaneció rígido antes de rodearla con sus brazos y sentarla sobre sus rodillas.

–Anna *mou*, no creo que lo soporte mucho más –gimió cuando al fin levantó la vista para mirarla–. Te amo –las palabras le salieron del alma–, más de lo que pensé que sería posible amar a otro ser humano. Pero mi necesidad por ti me destroza.

–Pero yo pensé… –dijo Anna mientras la felicidad se instalaba en ella–. Damon, yo también te amo, con todo mi corazón –aseguró con una emoción que ya no tenía que ocultar.

–¿Por qué me abandonaste entonces? –gruñó él–. Aquella noche en Poros, cuando Ianthe se asustó por la araña, estuviste tan fría y distante que supe que te perdía. Pero no puedo cambiar el hecho de que tengo una hija.

–Quiero a Ianthe casi tanto como a ti –le aseguró Anna con dulzura mientras se sonrojaba–. Nunca sentiría celos de ella, pero me costaba aceptar que todavía amaras a su madre. Ianthe me explicó aquella noche que habíais pasado vuestra luna de miel en Poros.

–¿De verdad? –Damon frunció el ceño–. Es cierto que llevé a Eleni a Poros, pero nos alojamos en la villa de un amigo en la otra punta de la isla. La granja la compré hace un par de años para tener un lugar donde llevar a Ianthe, y le hablé de la luna de miel porque creo que es importante que ella conozca todos los detalles sobre su madre. Eleni murió hace mucho tiempo –añadió–, y por el bien de Ianthe, siempre la recordaré, y por eso tengo sus obras de arte repartidas por la villa. La amaba, sí –admitió mientras abrazaba a Anna con más fuerza–. Era una chica dulce. Nos conocimos poco después de la muerte de mis padres y supongo que yo necesitaba recrear la sensación de familia, pero mi tristeza era por la pérdida de tan joven vida y, cuando pienso en ella ahora, lo hago con afecto. Tú eres el amor de mi vida, *pedhaki mou*. Junto con Ianthe, eres mi razón de vivir.

Él buscó sus labios con tierna pasión que de inmediato se transformó en un volcán de deseo. Para Anna, las tres últimas semanas habían sido como estar en el purgatorio. Le rodeó el cuello con sus brazos y abrió la boca para saborear su hechizadora lengua.

–Soy un hombre de acción más que de palabras –dijo Damon mientras volvía su eterna arrogancia–. Necesito demostrarte cuánto significas para mí antes de que explote –se puso en pie y la llevó en brazos hacia una puerta–. A veces trabajo hasta tarde y duermo aquí –al otro lado de la puerta había una habitación, más funcional que decorativa, con una cama–. No es el lugar más romántico para tu primera vez, *pedhaki mou*. Si lo prefieres nos vamos a un hotel.

–No hay tiempo –murmuró Anna, excitada, mientras le desabrochaba la camisa–. Quiero que me hagas el amor ahora. No puedo esperar.

Damon no necesitó más estímulos para quitarse los calzoncillos en un tiempo récord, pero antes, dudó un instante y la miró a los ojos.

–Por favor, quiero verte –susurró ella mientras se humedecía los labios con la lengua.

Su súplica casi le volvió loco y cuando por fin se deshizo de la ropa interior, la sólida longitud de su erección se proyectó orgullosamente hacia delante.

–Eres tan hermoso –susurró Anna sin rastro de aprensión ante la visión de su musculoso cuerpo. Él era su dios griego y ella estaba impaciente por sentirlo en su interior. Sentía la oleada de calor entre los muslos y cuando él se tumbó a su lado, le agarró la cabeza y empezó a besarlo apasionadamente.

Él le quitó el sujetador con dedos ligeramente temblorosos y acarició sus pechos con tierna reverencia antes de agacharse para besar los pezones. Anna gimió y arqueó la espalda, mientras pedía más. Sintió cómo la mano de él recorría su vientre plano hasta el diminuto triángulo de raso negro y ella levantó las caderas para que él la pudiera desnudar.

Estaba desnuda salvo por las medias negras que contrastaban con su pálida piel. Damon murmuró una maldición y bajó la cinturilla antes de separarle las piernas con cierta brusquedad, reflejo de su urgente deseo de meterse dentro de ella.

Anna no sentía temor, únicamente placer, cuando él la acarició antes de introducir sus dedos dentro de ella para iniciar un baile erótico que la hizo temblar. Cuando

estuvo seguro de que ella estaba completamente relajada, deslizó una mano bajo su trasero para prepararla
para recibirle. Ella sintió la dureza que se frotaba a la
entrada de su vagina y separó más las piernas, ansiosa
de ser una con el hombre que había atrapado su corazón.

–Te amo, *Anna mou*– las palabras surgieron desga-
rradoras mientras él la penetraba lentamente y se paraba al sentir la barrera de su virginidad–. No quiero
hacerte daño –murmuró con voz ronca mientras intentaba controlarse.

–No lo harás. Confío en ti, amor mío –susurró ella
mientras levantaba las caderas hacia él, se tensaba un
poco y hundía las uñas en sus hombros mientras sus
músculos se contraían alrededor de él y luego se rela-
jaban cuando él empujó de nuevo y la llenó.

Él buscó sus labios con la misma tierna pasión con
la que había buscado su cuerpo y empezó a moverse,
lentamente al principio, para después aumentar el
ritmo y penetrarla más profundamente mientras se in-
tensificaban las sensaciones que provocaba en ella.

–¡Damon! –ella gritó su nombre cuando las oleadas
de placer aumentaron sin parar hasta llevarla a la cima
de algún lugar mágico donde ella jamás había estado.
La agónica tensión que la agarrotó se liberó repentinamente en una tumultuosa cascada de placer que parecía imposible de soportar.

En algún momento, ella oyó gritar a Damon y se
agarró instintivamente a él cuando su cuerpo se sacudió y empujó una última vez.

–¿Estás bien? –preguntó angustiado mientras respiraba con dificultad.

–Te amo –ella colocó un dedo sobre sus labios y se
enjugó las lágrimas.

–¿Sabes que nunca te dejaré marchar? Vas a tener

que casarte conmigo, *agape mou*. Por favor –añadió con voz ronca al ver la sorpresa reflejada en su mirada–. ¿Quieres convertirme en el hombre más feliz del mundo? Sé que tu carrera es importante para ti, y lo respeto, pero a lo mejor podrías establecer tu cuartel general en Grecia en lugar de en Inglaterra. Sé que lo pasaré fatal cuando acudas a algún compromiso –añadió con sinceridad–, pero te esperaré en casa.

Todas las dudas de Anna habían desaparecido, y con ellas su temor a no ser económicamente independiente.

–No has utilizado protección, ¿verdad? –ella sonrió.

–No –dijo él, contrariado ante el cambio de tema.

–Y yo no tomo la píldora, de modo que, técnicamente, podría estar embarazada.

–Técnicamente supongo que sí.

Él contuvo el aliento ante el brillo reflejado en la mirada de ella.

–Creo que deberíamos darle a Ianthe un hermanito o hermanita cuanto antes, ¿tú no? –murmuró mientras deslizaba la mano hasta el punto en el que sus cuerpos seguían unidos–. Y si me dejas salir del dormitorio de vez en cuando, siempre podría pasar modelos de ropa premamá.

–Te advierto, *agape mou* –contestó él con ojos oscuros de deseo mientras se movía deliciosamente en su interior–, que vas a poder salir muy poco del dormitorio.

Bianca

Tendría que tomar la decisión más complicada de su vida

El jeque Shazim Al Q'Aqabi se quedó espantado al descubrir que la mujer que haría realidad el sueño de su hermano difunto era la bailarina de striptease que había conocido en Londres.

Sin embargo, para el gobernante inflexible, el fuerte carácter de Isla Sinclair era como un vaso de agua fría en el desierto. La única amante que había tenido Shazim durante toda su vida había sido el deber. En ese momento, estaba planteándose una forma mucho más placentera de pasar las noches bajo las estrellas de desierto.

Sin embargo, dejarse llevar por el deseo con esa mujer tan inadecuada era comparable a una traición.

BAJO LAS ESTRELLAS DEL DESIERTO
SUSAN STEPHENS

Acepte 2 de nuestras mejores novelas de amor GRATIS

¡Y reciba un regalo sorpresa!

Oferta especial de tiempo limitado

Rellene el cupón y envíelo a

Harlequin Reader Service®
3010 Walden Ave.
P.O. Box 1867
Buffalo, N.Y. 14240-1867

¡Sí! Por favor, envíenme 2 novelas de amor de Harlequin (1 Bianca® y 1 Deseo®) gratis, más el regalo sorpresa. Luego remítanme 4 novelas nuevas todos los meses, las cuales recibiré mucho antes de que aparezcan en librerías, y factúrenme al bajo precio de $3,24 cada una, más $0,25 por envío e impuesto de ventas, si corresponde*. Este es el precio total, y es un ahorro de casi el 20% sobre el precio de portada. !Una oferta excelente! Entiendo que el hecho de aceptar estos libros y el regalo no me obliga en forma alguna a la compra de libros adicionales. Y también que puedo devolver cualquier envío y cancelar en cualquier momento. Aún si decido no comprar ningún otro libro de Harlequin, los 2 libros gratis y el regalo sorpresa son míos para siempre.

416 LBN DU7N

Nombre y apellido	(Por favor, letra de molde)

Dirección	Apartamento No.

Ciudad	Estado	Zona postal

Esta oferta se limita a un pedido por hogar y no está disponible para los subscriptores actuales de Deseo® y Bianca®.
*Los términos y precios quedan sujetos a cambios sin aviso previo.
Impuestos de ventas aplican en N.Y.

SPN-03 ©2003 Harlequin Enterprises Limited

Una belleza frágil domó a la fiera que él llevaba dentro...

El implacable Raffaele Petri necesitaba a Lily, una solitaria investigadora, para poder llevar a cabo sus planes de venganza, pero ella era una mujer combativa y demasiado intrigante.

Lily, cuyo rostro había quedado marcado por una cicatriz cuando era adolescente, había decidido esconderse de las miradas crueles y curiosas, por lo que trabajar para un hombre tan impresionante físicamente hacía que sus propias imperfecciones físicas fuesen todavía más difíciles de llevar. Hasta que los besos de Raffaele despertaron a la mujer que tenía dentro.

¿Estaba él dispuesto a arriesgar su venganza por el amor de Lily?

FRÁGIL BELLEZA
ANNIE WEST